Am Ende steht das Lied

SAVIO BERNEZ

Impressum:
Bibliografische Information der Deutschen Nationalbibliothek. Die
Deutsche Nationalbibliothek verzeichnet diese Publikation in der
Deutschen Nationalbibliografie; detaillierte bibliografische Daten
sind im Internet über http://dnb.d-nb.de abrufbar.
Veröffentlicht bei Infinity Gaze Studios AB
1. Auflage
Februar 2024
Alle Rechte vorbehalten
Copyright © 2024 Infinity Gaze Studios
Texte: © Copyright by Savio Bernez
Cover & Buchsatz: Valmontbooks
Das Werk ist urheberrechtlich geschützt. Jede Verwertung außer-
halb des Urheberrechtsgesetzes ist ohne Zustimmung von Infinity
Gaze Studios AB unzulässig und wird strafrechtlich verfolgt.
Infinity Gaze Studios AB
Södra Vägen 37
829 60 Gnarp
Schweden
www.infinitygaze.com

Kapitel 1

Es roch nach Weintrauben. In dem idyllischen Weinort Saarburg genossen die Menschen den Tag und freuten sich auf das herannahende Wochenende. So auch Raphael, der in der Ortschaft bekannt und beliebt war. Als Kfz-Geselle arbeitete er mit großer Freude bei seinem Chef Helmut. In diesen charmanten Ort wurde er einst hineingeboren. Raphael war stets zuvorkommend, und sein Charme verlieh ihm das gewisse Etwas, das Frauenherzen höherschlagen ließ. Zu diesem Zeitpunkt gab es für ihn nur zwei Frauen, die mehr bedeuteten als eine flüchtige Bekanntschaft: Gabriela, die Tochter von Nachbar Opa Willi, die er wie eine kleine Schwester beschützte und behandelte, sodass Außenstehende sie für Geschwister halten könnten, und Petra Offen, eine junge, blonde Frau mit einer Löwenmähne. Sie war die Freundin von Raphaels Arbeitskollegen Jürgen. Die beiden hatten sich im Saarburger Dart Club über Jürgen kennengelernt. Raphael und Petra wurden beste Freunde, vertrauten sich blind und ohne Hintergedanken.

Raphael verbrachte eine großartige Jugendzeit. Seit er bei Onkel Oliver aufwuchs, dachte er nicht mehr so oft an die traurige Tatsache, dass seine Eltern weit weg in Afrika lebten, wo sie ein Krankenhaus aufgebaut hatten. Er lernte, damit umzugehen; sie schrieben sich Briefe und telefonierten hin und wieder.

Seine Kindheit in Saarburg hatte so schön begonnen. An einem spätsommerlichen Herbstsonntag, an der malerischen Saar, feierten die Menschen das regelmäßige Weinfest auf dem großen Donatusplatz. Sarah und Philipp Vogler fuhren gemeinsam mit ihrem zweijährigen Sohn Raphael Karussell. Er war ein kleiner Sonnenschein, den alle im Ort liebgewonnen hatten. Willi und Wolfgang, zwei Brüder aus der Schiller-Allee, besaßen drei Hänge mit reichlich angebauten Weinreben, die jedes Jahr einen spezifischen Riesling hervorbrachten. Der junge Oliver und Philipp hatten ihren Spaß, wenn sie wie jedes Jahr mit Freunden zur Traubenlese gingen. Zum Stärken gab es dann immer eine gute Flasche Wein, einen halben Ring Fleischwurst, Blutwurst und fast ofenwarmes Bauernbrot.

Raphael war in den Armen von Willi eingeschlafen. Als das Fest sich dem Ende neigte, machten sich Sarah und Phillip mit Raphael auf den Weg nach Hause. Die Nachricht über die Geburt der kleinen Gabriela und den Tod von Oma Karoline, die nach einer schweren Lungenentzündung verstorben war, hatte Willis jüngste Tochter Heidi tief getroffen. Nachdem der Vater die Familie verlassen hatte, verschwand Heidi spurlos mit einer Sporttasche – ohne ein Wort, ohne einen Brief. Gerüchte sagten, sie sei nach Ghana gegangen. So kam es, dass Gabriela bei ihrem Großvater aufwuchs und ab diesem Zeitpunkt mit Raphael eine liebevolle Kindheit verbrachte.

Stolz wie Oscar begleitete Raphael seine gefühlte Schwester Gabriela in den „Maulwurfbau", den Kindergarten in Saarburg. Die Schulzeit brachte viele lustige Momente mit sich, und Gabriela konnte sich immer auf Raphael verlassen. Er ließ nicht zu, dass ihr jemand etwas zuleide tat. Onkel Oliver und die anderen aus dem Mietshaus fanden große Freude an den beiden. Die Pubertät brachte ihre eigenen Herausforderungen, doch mit der Unterstützung von Gabrielas Cousine Laura-Jane und Opa Willi überwand die Hausgemeinschaft jede Hürde.

Raphael und Gabriela, beide in schwierigen Situationen zurückgelassen, fanden Trost und Freude in ihrer Freundschaft. Sie hatten eine schöne Zeit zusammen und konnten sich ein Leben ohne den anderen kaum vorstellen. Raphael war in seiner Schulzeit ein etwas zurückhaltender und pummeliger Junge, der aber wegen seiner Hilfsbereitschaft bei Hausaufgaben bei vielen beliebt war. Mit den Jungs aus der Nachbarschaft bastelte und schraubte er in einer Garage an alten Autos herum.

Seine Vorliebe fürs Schrauben hielt sich, entwickelte sich jedoch weiter. Während seiner Schulzeit hatte er kaum Interesse an Mädchen gezeigt – bis auf Gabriela. Sie war immer an seiner Seite, auch wenn sie später einen Freund hatte. In Gabrielas Augen war Raphael der wichtigste Mensch, immer da, wenn sie jemanden zum Reden brauchte. Raphael behandelte Gabriela wie eine kleine Schwester und hatte stets ein offenes Ohr für sie.

Am Tag seines um ein Jahr verspäteten Realschulabschlusses, an dem er sich im Lehrerzimmer bedanken wollte, nahmen die Ereignisse eine unerwartete Wendung – ganz anders, als der mittlerweile fast 16-jährige Raphael es geplant hatte. Als er an der Tür klopfte und eintrat, stand er mit hochrotem Kopf der angehenden Lehrerin gegenüber. Die Referendarin, die nur wenig älter als er war und überraschend leger, in Minirock und BH, gekleidet vor ihrem Spind stand, versetzte Raphael in sichtbare Verlegenheit. „Komm doch rein, Raphael. Nimm Platz, ich bin gleich fertig", sagte sie freundlich. In dem Moment hatte es bei dem Jüngling Klick gemacht. Er konnte keine Worte mehr finden und seine Blicke zogen die junge Frau regelrecht aus – was nicht unbemerkt blieb. Für einen Bruchteil einer Sekunde sahen sie sich an und verstanden sofort. Hektisch verschwanden sie in der Lehrertoilette. Seine Hose und sein Shirt flogen schnell in eine Ecke, sowie der wenige Rest ihrer Kleidung. Ihr Körper zitterte, als er ihn leidenschaftlich mit Küssen übersäte, ehe er ungeduldig ihr Bein packte und es auf der Toilettenschüssel abstützte. Kraftvoll drang er mit seinen 19 Zentimetern in sie ein und beglückte sie mit seinen Stößen.

In den Minuten, die Raphael im Lehrerzimmer verbrachte, fühlte er sich plötzlich erwachsener, doch ebenso schnell, wie dieser Moment gekommen war, verging er auch wieder. Verwirrt verließ er die Schule, bereit, sich einem neuen Lebensabschnitt zu stellen. In der Schillerallee 9 fand er eine Art große Familie: Opa Willi, Wolfgang, Gabrielas Cousine Laura-Jane, die auch im Haus wohnte, und natürlich Onkel Oliver, bei dem er lebte und der sich stets um ihn kümmerte, bis er in seine eigene Junggesellenwohnung im ausgebauten Dachgeschoss zog. Raphael war in dieser Hausgemeinschaft aufgewachsen und hatte seit jeher eine enge Bindung zu Gabriela, die ebenfalls bei ihrem Opa aufgewachsen war. Trotz ihrer unterschiedlichen Startbedingungen entwickelte sie sich zu einer lebensfrohen Persönlichkeit, in deren Nähe Raphael gerne war.

Die Jugendzeit neigte sich dem Ende zu, und Raphael blickte gespannt in die Zukunft: „Nun geht es hinaus in die Berufswelt, mal schauen, was mich da erwartet." Mit seinem Realschulabschluss in der Tasche und nach einer kleinen Auszeit wusste er schließlich, was er wollte. Mit achtzehn begann er eine Ausbildung zum Mechaniker bei Helmut in der örtlichen Kfz-Werkstatt. Dank seiner zuverlässigen Arbeit und seines kollegialen Verhaltens wurde er übernommen. Seine Erscheinung – braun gebrannt, mit stechenden blauen Augen und in seinem enganliegenden Arbeitsanzug – kam bei den Kundinnen der Werkstatt gut an. „Ja, das war schon ein Mann zum Anknabbern", dachten sich manche.

Petra, seine beste Freundin, wusste, dass sein wechselhaftes Sexleben sein inneres Verlangen nach einer Familie nicht stillen konnte. Schon früh hatte er sich in seinen Kindheitsschwarm Gabriela verliebt, ein Gefühl, das außer Petra niemand kannte. Für Raphael war Liebe immer etwas Großes, und obwohl Sex und Leidenschaft zusammengehörten, war Sex für ihn oft nur ein Spiel, das die Sehnsucht nach mehr füllte. Sein Herz hatte er, ohne sich dessen voll bewusst zu sein, längst vergeben.

Als Gabriela mit achtzehn die Schillerallee verließ, brach sie unwissentlich sein Herz. Von da an suchte Raphael sein Glück in flüchtigen Abenteuern, doch diese konnten ihn nicht wirklich erfüllen. Sie dienten ihm als Ablenkung und als Ventil für seine unausgelebten Gefühle. Wenn er allein in seiner Wohnung war, vergaß er die körperlichen Eskapaden bei einer Schüssel Chips und einem alten Miss Marple-Krimi und dachte oft an Gabriela, der er sich nie anvertrauen konnte. Trotz des Scheins eines Draufgängers waren diese Abenteuer für ihn ein Weg, mit seinen Gefühlen umzugehen.

Auch wenn ihn sein Gewissen manchmal plagte, vertraute Raphael darauf, dass das Schicksal alles zum Guten wenden würde. Er war der sensible Verdränger tiefsitzender emotionaler Angelegenheiten – so sah ihn zumindest seine beste Freundin Petra.

Petra hatte stets ein gutes Gespür dafür, wie es um ihren besten Freund Raphael stand, insbesondere hinsichtlich seiner oft aufkommenden Sehnsucht nach Gabriela, die fortgegangen war und ihn zurückgelassen hatte. Dabei wollte sie ihn natürlich nicht verletzen; sie hatte schlicht keine Ahnung von den Gefühlen, die in ihm tobten. Raphael unternahm vieles, um seine drängenden Emotionen zu verdrängen, doch ob es half, wusste er selbst nicht genau. Es kam nicht selten vor, dass Frauen ihre Autos wegen Kleinigkeiten zur Reparatur brachten, besonders an Samstagen, wenn Raphael allein in der Werkstatt war. Petra akzeptierte Raphael so, wie er war, was ihm sehr guttat. Sie musste sich nie Sorgen machen, dass Raphael versuchen könnte, sie anzubaggern, auch wenn viele behaupteten, eine rein platonische Freundschaft zwischen Mann und Frau sei unmöglich. Doch für Raphael kam eine sexuelle Beziehung zu Petra nie in Frage, nicht einmal als ein flüchtiger Gedanke, obwohl sie eine attraktive junge Frau war und eine Beziehung mit Jürgen nicht länger im Wege stand. „Nein, das wäre für mich, als würde ich eine Verwandte küssen", dachte er und schauderte bei dem Gedanken.

Aber seine Beziehung zu Gabriela, mit der er seit seiner Kindheit spielte und aufwuchs, war für ihn etwas ganz anderes, wie er oft in seinen Gedanken feststellte. Petra versuchte immer wieder, ihm ins Gewissen zu reden, wenn sie zusammen im Dart Club waren oder einfach nur beisammensaßen: „Raphael, du darfst dich ausleben und der sein, der du bist. Aber warum machst du es dir so schwer und versteckst dein Inneres? Wie kannst du dein Herz ausschalten und dein Leben auf körperlichen Spaß reduzieren? Das bist doch nicht du, Raphael."

Raphael empfand seine Art zu leben als in Ordnung und gab ihr ein Küsschen auf die Wange. „Komm, Petra, die nächste Runde geht auf mich." Petra schüttelte ihre Löwenmähne und erwiderte: „Du bist unverbesserlich." „Los, lass uns eine Runde werfen. Und wie sagt man hier in Köln? Es kütt wie es kütt."

In Helmuts Werkstatt war viel los, besonders nach Jürgens Wegzug nach der Trennung von Petra. Doch

Raphael ließ sich nicht beirren. Die letzte Zeit hatte er für sich und sein „Mädchen" – seine Kawasaki – genutzt, um einen Motorradtrip zu planen. Er genoss die Freiheit in seiner Wohnung, die er oft für sich allein hatte, da Onkel Oliver als Staubsaugervertreter häufig unterwegs war. Diese Freiheit nutzte er auch, um Damenbesuch einzuladen, mit dem er die Nächte zum Tag machte. Doch eine bestimmte Präferenz hatte er schon: Sie musste schwarze Haare haben und zierlich sein. Der Feierabend war in Sicht.

Endlich Freitag, kurz vor vier Uhr nachmittags. Raphael war voller Vorfreude auf seine Motorradtour am nächsten Tag. „Ja, noch schnell das letzte Auto mit einem Ölwechsel versorgen, dann kann ich die Kfz-Werkstatt erst mal hinter mir lassen!", sagte er und pfiff fröhlich. „Eine gute Idee, endlich mal rauszukommen und die Arbeit Arbeit sein zu lassen. Die Frauenwelt soll sich mal mit sich selbst oder ihren Ehemännern beschäftigen, die freuen sich bestimmt auch mal.", lachte er belustigt.

Nachdem der Ölwechsel am Audi erledigt war, rief er seinem Chef zu: „Helmut, ich bin dann mal weg, bis Montag!" „Pass auf dich auf und komm heil wieder", waren die letzten Worte seines Chefs, die er allerdings schon nicht mehr hörte.

Den Abend verbrachte er gemütlich mit Petra und Laura-Jane bei einem DVD-Abend. Als er auf dem Balkon frische Luft schnappte, fragte Petra: „Weißt du eigentlich, wie es Gabriela geht? Ist sie noch in Leipzig? Raphael fragt zwar nicht mehr nach ihr, aber ich glaube, er versteckt sich ziemlich hinter seinen Affären." Laura antwortete: „Ja, sie lebt noch dort, aber sie hat sich schon lange nicht mehr gemeldet. Keine Ahnung, Petra." Als Raphael wieder ins Zimmer kam, verstummten sie.

Laura-Jane verabschiedete sich bald, da sie früh nach Dormagen fahren wollte, zu Lorenz, mit ihrem alten rostigen VW-Bus. Raphael und Petra verbrachten die Nacht in seinem 1,40 Meter breiten Bett, friedlich schlafend, ohne dass sich etwas zwischen ihnen ereignete. Eine Freundschaft ohne „Plus" war offensichtlich möglich.

Am nächsten Morgen blickte Raphael seinem Spiegelbild entgegen: „So, jetzt geht's los in die Walachei." Nach der Dusche schlüpfte er in seine hautenge Motorradkleidung, ein Anblick, der so manche Autofahrerin an der Ampel nach Luft schnappen ließ. Petra brachte ihm noch seinen Rucksack aus der Wohnung herunter. Sie verabschiedete sich, und dann war sie weg.

Raphael hatte vorsorglich eine extra Ration Kondome eingepackt – man weiß ja nie. Spaß haben wollte er schon, aber sicher und verantwortungsvoll. Als er sich auf seine Maschine setzte und sich auf die bevorstehenden Stunden freute, hörte er plötzlich eine vertraute Stimme: „RAPHAEL, hallo hier oben! Wie, du fährst weg? Du hast mich ja noch gar nicht begrüßt." Verwirrt blickte er nach oben.

„Gabriela, bist du das? Was hat dich denn hierher verschlagen? Ich dachte, du bist in Leipzig bei deinem

Freund? Besuchst du Opa Willi wegen seines Geburtstags?", fragte Raphael überrascht. „Alles Liebe zu deinem Geburtstag, viel Glück und Gesundheit", fügte er hinzu. Gabriela, die in der Zeit in Leipzig zu einer schönen jungen Frau herangewachsen war, besuchte ihren Opa Willi, bei dem sie lange gewohnt hatte. Sie war damals, kurz nach seinem neunzehnten Geburtstag, zu ihrem Freund nach Leipzig gezogen. Raphael hatte Gabriela stets beschützt und war heimlich in sie verliebt – ein Gefühl, das außer ihm nur Petra kannte. Sein Herz schmerzte, als sie plötzlich fortging, ohne dass er seine Gefühle offenbaren konnte. Doch er hatte sich eingeredet, darüber hinweg zu sein.

„Wie kommt es, dass du nach sieben Jahren plötzlich wieder hier bist? Doch nicht nur wegen des Geburtstags? Opa Willi und die anderen haben dich vermisst, und nicht nur die", sagte Raphael. Gabriela erklärte mit zurückgehaltenen Tränen, dass ihr Freund sie für eine Jüngere verlassen hatte. Raphael spürte die alten Gefühle wieder aufkeimen, die er nie ganz hatte vergessen können.

„Du, Gabriela, wie lange bist du da? Eigentlich müsste ich schon weg sein. Die Tour war seit Wochen geplant", gestand Raphael, in der Hoffnung, sie würde noch einige Tage bleiben, vielleicht sogar für immer in der Schillerallee. Gabriela bedauerte, dass er wegfuhr, und wünschte sich, ihm so viel erzählen zu können und ihren dreiundzwanzigsten Geburtstag mit ihm zu feiern. Raphael, leicht grinsend, korrigierte, dass sein „Mädchen" seine Kawasaki sei und versprach, dass sie sich sehen werden.

Trotzdem fühlte er das Kribbeln bei ihrer Umarmung und fragte sich, ob er sie ein zweites Mal gehen lassen sollte.

„Na dann, Raphael, wir telefonieren", sagte Gabriela, versuchte dabei aber, ihre Enttäuschung zu verbergen. Raphael grübelte an der roten Ampel über seine Gefühle und entschied, umzukehren. Mit quietschenden Reifen und dem Geruch von verbranntem Gummi lenkte er seine Maschine zurück zur Schillerallee. Er eilte zu Opa Willi nach oben und rief aus: „Gabriela, ich bleibe! Hast du gehört?"

Gabrielas Freude war groß, als er ins Wohnzimmer stürmte. „Du fährst also doch nicht?", fragte sie überrascht.

„Nein, ich ziehe es vor, mit dir zu reden. Über alte Zeiten, verlorene Zeit wiedergutzumachen, Gabriela. Ich wollte dir schon so lange..." begann Raphael.

„Pssst", unterbrach ihn Gabriela. „Sag nichts, Raphael, sag nichts. Ich habe es gespürt, aber nicht geglaubt, was du die ganze Zeit gefühlt hast."

Erleichtert nahmen sie sich in die Arme, und sofort war das tiefe Gefühl von früher wieder da. „Komm, lass uns rüber in den Park laufen, am Wasser entlang, wie früher", schlug Gabriela vor. „Da sage ich nicht nein." Die Situation war anders als vor zehn Jahren, aber das gleiche Kribbeln lag in der Luft.

„Gabriela, weißt du, ich wollte dir schon früher... aber dann warst du weg, und jetzt, ich...", stotterte Raphael. Gabriela legte einen Finger auf seinen zitternden Mund und flüsterte: „Raphael, mir geht's heute genauso."

Ihre Körper zitterten, als sich ihre Lippen näherten, voller Schmetterlinge im Bauch. Dies war kein freundschaftliches Gefühl mehr, es war pure Leidenschaft und Begierde, die sie erfüllte, als ihre Lippen aufeinandertrafen.

Raphael hatte lange nach diesem Moment gesehnt, sich oft nach Gabriela verzehrt. Auch wenn er versucht hatte, seine Gefühle mit flüchtigen Abenteuern zu überdecken, war da immer diese brennende Sehnsucht nach ihr. „Hatte Petra vielleicht doch Recht mit ihren Schicksalstheorien?", dachte Raphael. In diesem Moment gab es keinen Grund mehr, sich in der Vergangenheit oder in Spielchen zu verfangen.

Hand in Hand, voller Liebe und körperlicher Anziehung, gingen sie zum Wasser. Sie vergaßen alles um sich herum, bis Gabrielas Smartphone klingelte. „Moment, süßer Moment, ja, Opa Willi? Ja, kein Problem, okay." Die Nachricht, dass Willi für zwei Tage zu seinem Bruder Wolfgang musste, der im Krankenhaus lag, war für die beiden Verliebten wie ein Freibrief für eine ungestörte Zeit zusammen.

Sie konnten den kurzen Weg in die Schillerallee nicht abwarten und ließen ihren aufgestauten Gefühlen freien Lauf, ohne Rücksicht auf den Weg, der oben vorbeiführte. Raphael realisierte, was er vor sieben Jahren aufgegeben hatte. Ihre Zungen tanzten miteinander, und sie konnten und wollten einander nicht loslassen. Raphael rief unzählige Male ihren Namen, und nichts, was er sich in der Zwischenzeit erlaubt hatte, kam auch nur annähernd an die Leidenschaft und Wildheit dieses Moments heran.

Unbändig zog er ihre Hose mit Schlupfer aus und sie ritt auf seiner steinharten Männlichkeit wie vom Teufel verfolgt. Solche Gefühle hatte er noch nie. „

„Gabriela, was machst du mit mir?"

Als ihr Unterleib heiß und zitternd explodierte ließ sie sich in seine Arme nieder. Über eine Stunde lagen sie wortlos umschlungen und glühten aus, während sie erfolglos versuchten, die Sterne am Himmel zu zählen. Als die beiden Verliebten später die Wohnung betraten, lag eine Nachricht, ein Zettel auf dem Tisch von Opa Willi, dass er in Zwei Tagen wieder da sei! Mit Lava auf den Lippen und Feuer im Herz legten sie sich behutsam auf das große Bett in Gabrielas altem Zimmer. Sie konnten gar nicht anders als da weiterzumachen, wo sie nach Gabrielas gewaltigem Ritt aufgehört hatten.

Sie küssten sich erst langsam und dann fordernd im Feuer der Leidenschaft.

Raphael stand in einem Wirbel aus Emotionen, unsicher darüber, was genau mit ihm geschah, doch eines war ihm klar: Die lange unterdrückten Gefühle brachen nun mit Macht aus ihm heraus. Er war überwältigt von der Intensität seiner Empfindungen, die er so lange verborgen gehalten hatte. Es war, als hätte ein Staudamm in seinem Inneren nachgegeben, und nun strömten all die Emotionen ungehindert und kraftvoll hervor.

Gabriela flehte schon fast: „Raphael, du machst mich willenlos! Ich begehre dich, nimm mich jetzt gleich- sofort."

Doch er ließ sie etwas zappeln.

Nachdem er ihr diesmal die Kleider bis auf die sexy Unterwäsche vom Körper gerissen hatte, zog er ihr unter starkem Gekeuche und lautem: „Gabriela, ich brenne für dich" die Reizwäsche mit den Zähnen aus. Es machte die junge Frau verrückt und sie stöhnte.

„Bitte, jetzt, lass mich nicht verbrennen. Raphael, nimm dir was ich dir darbiete."

Sie liebten sich und liebten sich, versanken mit solch einer Wollust in den aufgestauten Gefühlen.

Bevor Raphael und Gabriela in den frühen Morgenstunden, Arm in Arm, einschliefen, war ihnen eines klar: Ihre Verbindung markierte einen Anfang ohne Ende, eine gemeinsame Ewigkeit, der sie sich beide verpflichtet fühlten. Die Freude unter Freunden und Bekannten war groß, als sie erfuhren, dass Gabriela zurück war. Die Rückkehr von Opa Willi aus dem Krankenhausbesuch bei Bruder Wolfgang wurde zum Anlass genommen, um im Hof des malerischen Ortes Saarburg ein kleines Beisammensein zu organisieren, das ganz im Zeichen der Freude über Gabrielas Rückkehr stand.

Inmitten dieser herzlichen Atmosphäre wagte Raphael, eine bedeutende Ankündigung zu machen: Vor Opa Willi, Onkel Oliver, Petra und Laura-Jane gab er die Verlobung mit Gabriela bekannt. Während Willi, Petra und Laura-Jane ihre Unterstützung und Freude ausdrückten, reagierte Onkel Oliver skeptisch und hinterfragte die Entscheidung, was zu einem emotionalen Moment führte. Gabriela verließ daraufhin den Ort der Feier, sichtlich bewegt und verletzt durch Olivers Reaktion.

Raphael, enttäuscht von Olivers mangelnder Unterstützung, folgte Gabriela zum Saarufer, wo sie sich in ihrer Verzweiflung zurückgezogen hatte. Im Schutz der Dunkelheit fand Raphael Trost in der körperlichen Nähe zu Gabriela, versuchte ihre Tränen zu küssen und ihre Sorgen zu lindern. Sie klammerte sich an ihn, als wollten beide die verlorene Zeit nachholen. Was als Versuch begann, Trost zu spenden, verwandelte sich in einen Ausdruck tiefer Verbundenheit und Zuneigung, der die beiden noch enger zusammenbrachte.

In diesem Moment war es, als würden Raphael und Gabriela realisieren, dass sie all die Jahre auf genau diesen Augenblick gewartet hatten, ohne es selbst zu wissen. Ihre Beziehung, die einst auf einer tiefen Freundschaft basierte, hatte sich zu einer Liebe entwickelt, die keine Grenzen kannte und durch keine Zweifel mehr erschüttert werden konnte.

Gabriela und Raphael ließen nichts anbrennen. Ihre unbändige Lust aufeinander trieb sie in das Sturmhäuschen und veranlasste sie dazu, sich die Kleider vom Leib zu reißen. Sie trieben es miteinander, als hinge ihr Leben und das von weiteren unzähligen Lebewesen davon ab. Gabriela stellte sich an die Wand und gewährte ihm den reizvollen Ausblick auf ihren süßen Po.

„Nimm mich, so tief du kannst."

Er fasste ihre Hüften und füllte sie vollständig aus. Ihr Stöhnen ließ das Donnergrollen des Gewitters draußen unscheinbar wirken. Zeitgleich als der Blitz einschlug auf der anderen Seite der Saar, krallte er sich fest an sie und pumpte seinen warmen Saft in sie hinein. Das Sonnenlicht strahlte durch die Bretter und aus heißem ineinander verfallendem Sex wurde liebevolle entspannende Zärtlichkeit.

Raphael und Gabriela legten sich auf die Heumatratze und lauschten dem fließenden Wasser der Saar.

„Bin ich eingenickt, Raphael?", fragte Gabriela.

Er antwortete: „Ein wenig, Schatz. Aber ich habe gesehen, dass du im Schlaf noch schöner bist, wie es nur Engel sein können."

Sie versuchten, sich teilweise mit aneinandergepressten Lippen anzuziehen.

Raphael sagte: „Dreh dich um, ich schließe dir den BH."

Eine Gänsehaut überkam sie.

„Aber, hallo! Du wolltest ihn zumachen, Raphael, nicht ausziehen."

Er konnte seine Finger nicht von ihrem zierlichen Körper lassen. Gierig küsste er ihren Hals, massierte ihren Busen. Ihre Nippel reckten sich ihm wollüstig entgegen. Willig schob sie ihr Kleid hoch und Raphael schob ihren störenden Slip beiseite, um fast wie von alleine in das heiße Nass hineinzugleiten. Erst nach einem Spritzer Sahne für Gabrielas gepiercten Bauchnabel konnten sie voneinander lassen.

„Komm lass uns gehen, sonst sind wir übermorgen noch hier", lachte Gabriela und gab ihrem Raphael einen flüchtigen Kuss.

„Wenn es nach mir ginge, könnten wir ewig hier bleiben, ich genieße es in dir drin zu spüren, wie dein Herz für unsere Liebe schlägt."

In beiden war spürbar, wie sich etwas löste – und es ging weit über die körperliche Anziehungskraft hinaus. In ihren Augen war deutlich zu sehen, wie sehr sie ihren Gefühlen freien Lauf ließen. Bei Raphael hatte sich über mehr als zehn Jahre eine Sehnsucht aufgebaut, die er nun endlich ausleben konnte. Auch Gabriela war glücklich, dass Amors Pfeil sie darauf hingewiesen hatte, dass Raphael mehr für sie war als nur der Freund von nebenan.

Die verliebten Raphael und Gabriela zogen sich in die Pension „Zur Blauen Traube" zurück. Helmut, Raphaels Chef in der Werkstatt, hatte die Situation neutral betrachtet. Gabriela half unterdessen in einem örtlichen Friseursalon aus, da Petra, auch aus Liebe, weggezogen war und im Salon Hilfe benötigt wurde.

Um sich nicht länger verstecken zu müssen und den kleinen Sticheleien im Ort zu entfliehen, überlegten sie in ihrem vorübergehenden Zufluchtsort, der „Blauen Traube", wie sie vorgehen könnten. Raphael sah eine Möglichkeit: „Schatz, meine Liebe, was hältst du davon, wenn wir zu deiner Cousine Laura-Jane ziehen, die mittlerweile in Dormagen wohnt? Dort wird die schöne 3-Zimmer-Küche-Bad-Wohnung von Laura-Janes bestem Freund Lorenz frei, der zu seinem Partner nach Köln zieht. Komm schon, Gabriela, ich sehe doch, wie du leidest und kämpfst."

Mit ihrer sanften Zärtlichkeit zog Gabriela Raphael zu sich und küsste ihn voller Leidenschaft. Entschlossen antwortete sie: „Mir ist es egal, wo wir sind, Hauptsache, wir können unsere Liebe leben."

Raphael küsste vorsichtig die Tränen des Glücks von ihren Wangen.

Gabriela konnte ihre Hände nicht länger stillhalten. Fordernd riss sie ihm das Hemd von der Brust und saugte sich mit ihrem Mund an seinem Oberkörper fest. Ihre Begierde füreinander war überwältigend.

„Ich möchte deine Weiblichkeit schmecken, spüren, mich in dir verlieren. Ich liebe dich. Ich verzehre mich nach dir", gestand er, während er an ihrem Ohrläppchen knabberte. Vorsichtig glitt er mit seinen Lippen ihren Körper hinab und verwöhnte sie mit seiner Zunge. Sie genossen viele tabulose Stunden in trauter Zweisamkeit.

Nicht länger wollten sie die teilweise verachtende Blicke hinnehmen.

Mit Überzeugung das richtige zu tun, machten die beiden Nägel mit Köpfen.

Sie kündigten ihre Jobs eine Woche später, brachen sie das Leben in Saarburg ab und zogen in eine neue Zukunft in die Wohnung nach Dormagen bei Köln.

Was Opa Willi und der Heim gekehrte Wolfgang sehr bedauerten, nur sein Onkel Oliver war eben ein brummender Spielverderber in Sachen Liebe.

Das er versuchte als moralisch nicht passend im Ort zu verbreiten.

Laura-Jane hatte keine Probleme das sich zwei liebende ihren Gefühlen hingaben.

Endlich konnten sie sich lieben und zeigen wie sehr sie zusammengehörten.

Kapitel 2

Gabriela und Raphael waren nach sechs Monaten immer noch genauso verliebt und leidenschaftlich wie am ersten Tag. Daher war es keine Überraschung, dass Gabriela eines Tages überglücklich die Tür öffnete und verkündete: „Schatz, Schatz, wir sind nicht mehr allein." Raphael dachte zunächst, Laura-Jane käme zu Besuch, doch dann bemerkte er ein blaues kleines Heft in Gabrielas Hand. „Ehrlich jetzt, Gabriela? Ist das wahr?", fragte er ungläubig. „Ja, ich bin schwanger, wir sind schwanger", antwortete sie strahlend.

Nach neun aufregenden Monaten brachte Gabriela ihren Sohn Felix zur Welt, der in Saarburg das Licht der Welt erblickte. Die Beziehung zum Rest der Familie, einschließlich Opa Willi und Onkel Oliver, hatte sich inzwischen entspannt, und der kleine Felix wurde herzlich in die Familie aufgenommen. Einige Monate später heirateten Gabriela und Raphael in einer kleinen, aber herzlichen Zeremonie mit ihren engsten Freunden und Familienmitgliedern, darunter Laura-Jane, das Paar Lorenz und Bastian, Opa Willi und natürlich Raphaels langjährige Freundin Petra. Gabriela, bereits wieder schwanger, trug ein Brautkleid, das ihren kleinen Bauch umschmeichelte.

Sieben Monate später wurde ihr Glück mit der Geburt ihres zweiten Sohnes, Lukas, vervollkommnet.

Raphael eröffnete in Dormagen seine eigene Werkstatt und ließ seine Tage als Geselle hinter sich. Er baute ein Haus für die Familie und unterstützte Gabriela, wo er nur konnte, insbesondere bei der Buchhaltung am Abend. Während Gabriela sich um die Steuerangelegenheiten kümmerte, sorgte Raphael für Felix und Lukas.

Eines Abends, als Gabriela bereits seit Stunden in der Werkstatt saß, entschied Raphael, sie zu überraschen. Er rief Laura-Jane an, die schnell zusagte, auf die Kinder aufzupassen. Raphael besorgte Blumen und schlich sich in die Werkstatt, um Gabriela eine Freude zu machen. Er bereitete eine besondere Überraschung vor, indem er sich auf den Schreibtisch legte, bereit, Gabriela mit einem ungewöhnlichen Anblick zu empfangen. Als sie den Raum betrat und Raphael in dieser überraschenden Pose vorfand, spielte sie mit und fragte flüsternd: „Was ein Anblick, junger Mann, wie kommen Sie herein?" Raphael stieg in ihr Spiel ein, bereit, den Abend auf eine spielerische und liebevolle Weise ausklingen zu lassen.

„Ich wurde bestellt, es hieß eine tüchtige Sekretärin braucht einen heißen Kräfteschub, der ihr ihre feuchte Sitzpartie etwas beweglicher machen sollte, bin ich da richtig?"

Gabrielas Reaktion darauf zeigte ihm, dass er eindeutig richtig lag. Kokett ließ sie ihren Rock hinabgleiten und setzte sich breitbeinig auf ihren Bürostuhl.

„Begib dich unter die Tischplatte, hier tropft etwas. Du solltest nachsehen."

Das ließ er sich nicht zwei Mal sagen und sank unter den Tisch. Mit seiner Zunge fuhr er ihre langen Beine entlang. Ein fast ohnmächtiges Gefühl überkam Gabriela, je mehr er sich ihrer Mitte annäherte. Liebevoll bearbeitete er jeden Zentimeter ihrer feuchten Spalte und liebkoste ihre Lustperle, bis ihr Stöhnen in einem hochexplosiven Aufschrei mündete. Mehrere unüberhörbare Orgasmen überkamen sie. Anschießend erhob er sich und drang wild in sie ein. Seine Männlichkeit noch tief in ihr, hob er sie an und trug sie auf die Polsterliege. Fest nahm er sie und liebte sie bis er erschöpft zusammensackte.

Laura-Jane hatten sie in der Aufregung des Abends vergessen, doch das tat der Leidenschaft zwischen Raphael und Gabriela keinen Abbruch. Sie lebten ihre Liebe so intensiv und häufig aus, wie es nur ging, und kein Tag verging, an dem Raphael auch nur einen Moment mit Gabriela missen wollte. Nach ihrer Rückkehr nach Hause fanden sie Laura-Jane schlafend im Kinderzimmer vor. „Komm, lass sie schlafen", schlug Gabriela vor.

Um einen bestimmten Vorfall zu vermeiden, entschieden sie sich für getrennte Duschen, bevor sie zu Bett gingen. Raphael gab Gabriela einen Gute-Nacht-Kuss und schlief bald ein, während Gabriela noch etwas las und sich dann an ihn schmiegte. Trotzdem konnte sie nicht richtig einschlafen, da sie ins Grübeln geriet. Einerseits konnte sie sich ein Leben ohne Raphael nicht vorstellen, andererseits...

Am nächsten Morgen verließ Raphael früh das Haus, um Gabriela noch etwas Ruhe zu gönnen, bis die Kinder, die Ferien hatten, sie sowieso wecken würden. „Guten Morgen, Laura-Jane. Entschuldige, dass wir dich gestern nicht wecken wollten. Du hast so friedlich geschlafen", entschuldigte sich Gabriela am nächsten Morgen. Laura-Jane, noch etwas müde, fragte nach Raphaels Überraschung, wollte dann aber doch nicht zu viele Details wissen und lenkte das Gespräch schnell zum Kaffee.

Ihre Cousine hatte Spätschicht im Drogeriemarkt, wo sie seit einiger Zeit arbeitete. Im Leben von Gabriela und Raphael drehte sich vieles um ihre Kinder, und Raphael bemühte sich, so viel Zeit wie möglich für die Familie freizuschaufeln. Die Werkstatt lief dank der Einstellung zweier Aushilfen und der Unterstützung durch den neuen Gesellen Sasha sowie John Danzer, einem ehemaligen Soldaten der US-Armee, sehr gut.

Raphaels Wunsch, noch einmal Vater zu werden, stieß bei Gabriela jedoch auf Ablehnung. Sie wollte nicht noch einmal von vorne anfangen. Diese Entscheidung wurde akzeptiert, und Raphael ließ es nicht zu, dass dadurch Unruhe ins Haus Vogler kam. Natürlich gab es ab und zu Meinungsverschiedenheiten, aber das war in jeder Beziehung normal. Petra, die er zufällig in Köln traf, erzählte er beiläufig von seinem Wunsch, machte aber kein großes Thema daraus. Petra, die als Werbekaufrau unterwegs war, führte ein nomadisches Leben und zog bald nach Bremen weiter.

Die Distanz in ihrer eigenen Beziehung führte sie auf die vielen beruflichen Verpflichtungen zurück, ein Umstand, der Raphael in seiner Beziehung zu Gabriela nicht passieren sollte. Doch manchmal wurde das Gewohnte selbstverständlich, und der Alltag lief nach einem festen Plan ab.

Als Gabriela John, die Aushilfe, der am anderen Ende der Stadt wohnte, einige Unterlagen vorbeibrachte, tat sie dies auf Bitten Raphaels, da sie ohnehin in der Nähe einen Arzttermin hatte. Laura-Jane war sich bewusst, um welchen Termin es sich handelte. Gabriela liebte ihre Kinder über alles, doch hatte sie für sich entschieden, keine weiteren Kinder mehr zu wollen – weder von Raphael noch von irgendjemand anderem. Obwohl dies schon lange kein Diskussionsthema mehr war, zögerte sie, Raphael davon zu erzählen.

Bei John zuhause traf Gabriela auf einen fremden Mann, Brians Bruder aus Santa Monica, der zu Besuch war. John bedankte sich für die Unterlagen zur Festanstellung und bat sie, Grüße an Raphael und Sasha auszurichten. Nach ihrem schweren Termin, der vier Stunden dauerte, wurde Gabriela von Laura-Jane abgeholt und sie fuhren gemeinsam nach Hause. Gabriela versicherte Laura-Jane, dass es ihr gut gehe und sie die Entscheidung für richtig halte. Raphael gegenüber wollte sie es ansprechen, wenn der richtige Moment gekommen sei.

Raphaels Werkstatt lief gut, sodass er häufiger früher nach Hause kommen konnte. Doch Gabriela schien immer dann Verpflichtungen oder Termine zu haben. Raphael hinterfragte dies nicht weiter. Trotz des Familienglücks und des routinierten Alltags schien etwas zu fehlen, und auch wenn ihr Sexleben gut war, obwohl seltener geworden, spürte Gabriela, dass etwas in ihrem Leben fehlte.

Eine traurige Nachricht erreichte Gabriela auf ihrem Smartphone, während sie mit den Kindern wegen Keuchhusten im Krankenhaus in Köln lag. Die Nachricht traf sie hart und zwang sie dazu, ihre Pläne neu zu überdenken. Sie hatte vor, neue Wege zu gehen, sobald die Kinder gesund waren. Raphael war derweil auf einem verlängerten Wochenende auf der IAA in Frankfurt mit seinem Gesellen Sasha.

Sie wollte ihn zunächst nicht anrufen. Stattdessen wählte sie eine andere Nummer.

„Gabriela, schön, dass du anrufst."

Ja, Raphaels Frau Gabriela hatte sich schon vor Monaten in den Amerikaner Brian verliebt. Sie hatte ihn bei Raphaels Angestelltem John gesehen und er war ihr nicht mehr aus dem Kopf gegangen.

Sie dachte immer, dass sie glücklich sei. Doch irgendwann, nachdem sie immer wieder stundenlang mit ihm telefoniert und sich mit ihm getroffen hatte, bevor er nach Santa Monica ging, gestand sie sich ein, dass das nicht mehr stimmte.

Einen Tag zuvor, als das Haus Vogler leer war und sie sich im Gartenhäuschen hinter dem Haus befanden, küsste Brian sie leidenschaftlich. Sie konnten nicht schnell genug ihre Kleider loswerden. Brian zögerte nicht lange und nahm Gabriela auf der Eckbank.

Er flehte sie an, mit ihm nach Santa Monica zu kommen. „Gabriela, lass mich nicht allein. Ich werde warten und deine Kinder haben einen großen Garten, jeder sein eigenes Zimmer."

Er wartete gar nicht erst auf ihre Antwort und drückte ihr, nachdem er sie noch einmal auf dem weichen Bärenfell glücklich gemacht hatte, drei One-Way-Tickets für das nächste halbe Jahr in die Hand. Für Gabriela von Brian, für den sie alles aufgeben wollte, wenn sie nur wüsste wie. Aber eben zeitversetzt nun.

Traurig las sie nochmals, was Raphaels Onkel Oliver geschrieben hatte: „Liebe Gabriela und Raphael, wie ihr wisst, war Opa Willi an einer schweren Lungenentzündung erkrankt. Willi hat es nicht überstanden. Er hat das stolze Alter von 97 Jahren erreicht. Opa hat seinen verdienten Frieden gefunden."

Das machte sie sehr traurig, aber sie war auch froh, dass er friedlich eingeschlafen war.

„Brian, warum, warum? Mein Opa ist gestorben. Er war mein Vater, meine Mama in einem. Ich muss nach Saarburg, verstehst du?"

Brian fragte nur kurz und knapp: „Ist das ein Nein, oder kann ich mit dir rechnen?"

Gabriela hielt seine Hand und schaute ihm tief in die Augen und flüsterte nur: „Ich freue mich."

Am folgenden Tag, als sie ihn zum Flughafen Köln/Bonn brachte, fuhr sie direkt nach Dormagen.

Sie rief Raphael auf seinem Handy an und teilte ihm dies mit!

Raphael war geschockt und verletzt.

Er wollte übermorgen zusammen mit seiner Familie in die Pfalz fahren.

Gabriela entschied sich jedoch, mit Felix und Lukas vorzufahren, um einige Vorbereitungen für die Beerdigung zu treffen.

Deshalb bat sie Raphael: „Kannst du mir die beiden Kinderausweise und die anderen Papiere wie den Taufschein usw. oben im Schlafzimmer holen? Sie liegen auf der Kommode."

Er fragte nicht nach dem Warum oder Weshalb.

Raphael wollte sich mit einem Kuss verabschieden, nachdem er das Gewünschte überbracht hatte.

Doch schon da spürte er den Riss, der in der Luft lag. Sie wich seinem Kuss aus.

Raphael machte sich auf den Weg in die Werkstatt, um einen wichtigen Auftrag fertigzustellen, bevor er schnell zu Opa Willi und Gabriela nachkommen wollte, um sich von ihm zu verabschieden. Als er dann auf der A-4 unterwegs war, um nach Saarburg in der Pfalz zu kommen, klingelte sein Handy.

Kalt und ohne jegliche Erklärung trennte sich Gabriela mit den Worten: „Raphael, frag nicht, aber es ist aus. Ich sehe keinen weiteren Sinn mehr. Ich melde mich wegen den Kindern."

Sie trennte sich von ihrer einst großen Liebe Raphael per Sprachnachricht. Er fuhr auf seiner Maschine mit 190 km/h auf der Autobahn, um ihr eigentlich bei ihrem Verlust ihres Opas beizustehen, als er diese Nachricht per Headset abhörte.

Völlig perplex drehte Raphael den Gasgriff bis zum

Anschlag, bis er bei 220 km/h runterbremste und weitere fünf Stunden fuhr. Ziellos irrte er durch die Nacht.

Zu ihrem Opa konnte er ja nicht fahren, um ihm die letzte Ehre zu erweisen, das packte er nicht. Seine Gabriela? Sein Felix und Lukas? Er verstand es nicht und wusste nicht warum.

Raphael bemerkte nicht mehr, ob er im Schockschlaf war oder in einem endlosen Verdrängungsmechanismus gefangen war. In seiner verlangsamten Wahrnehmung schien es, als wäre es anders, wenn er sein Fleisch und Blut sehen wollte, als er es gewohnt war.

Durch Laura-Jane, die ihn in dieser schweren Situation versuchte aufzufangen, erfuhr er, dass Gabriela zu ihrem neuen Freund nach Santa Monica in den USA gezogen war. Ausgerechnet den Bruder seiner mittlerweile anderswo arbeitenden Aushilfe John.

Raphael fiel in ein Loch aus Erinnerungen und einem gedanklichen Nichts. Er dachte ständig: „Was habe ich gemacht? Was ist falsch gelaufen?"

Dank Lauras Ausrutscher, die mit Gabriela in seiner Küche telefonierte, erfuhr er, dass Gabriela sich in seiner Unwissenheit sterilisieren ließ. Das gab ihm den Rest.

Doch trotz ihres schlechten Gewissens war Raphael nicht böse, auch wenn sie es die ganze Zeit wusste! Mit der Frauenwelt hatte er erstmal genug.

Regelmäßig besuchte er seine Kinder, jedoch nur alle sechs Monate wegen der Entfernung. Alles in ihm und um ihn schmerzte sehr, und er konnte es nicht einordnen.

Raphael hatte auch begonnen, aus Sehnsucht und Enttäuschung ein Lied zu schreiben.

Am Ende steht das Lied

Wieso hast du das gemacht?
Das kann ich nicht verstehen,
hast dich einem Neuen in die Arme geschmissen,
warum wolltest du, warum musstest du gehen,
hast unser Gestern aufgegeben,
bitte sage, das ist nicht wahr,
falsch abgebogen, du lässt unsere Träume sterben,
Sicherung rausgedreht,
deine Gefühle unsere Liebe,
Stromausfall, das Licht geht aus,
ich bettle um deine Zärtlichkeit,
hast mein Herz verletzt, mein Herz gebrochen,
Zukunft verbaut, greife nach dir,
du lässt uns fallen, ein Blick, ein Tritt,
und es zieht mich in die Tiefe hinab,
ist unser Morgen heute nur noch Gestern?
Einfach aus, zurück geliebt, das war's gewesen,
lässt mich einfach so im kalten Regen stehen,
Karambolage, schnell mal,
meinst du, so geht das Leben?
Die Schatten werden dich finden,
oh, glaube es mir,

du kannst mich nicht einfach so
aus deinem Leben radieren,
Du solltest an meiner Seite stehen,
ich und du wollten ein wir sein,
doch nun bist einfach so weg?
Hast dich losgeliebt von mir?
Gehe mir aus den Augen,
verschwinde in die Nacht,
Träume zerrissen,
Gabriela, liebe mich,
lass mich nicht so zurück.
Jahre sind vergangen,
die Liebe hat uns wieder eingefangen,
Die Minuten, Stunden, die Jahre,
sie sind einfach an uns vorbeigeflogen,
Gefühle wollten nicht ganz gehen,
ich versuchte es unentwegt,
mit meiner Liebe zu dir zu brechen,
habe immer wieder mein Herz,
mein Fühlen betrogen,
doch dann kam diese eine Nacht,
wir hatten uns wie früher tief berührt,
wir gaben dem Verlangen unserer Körper nach,
erhörten, was du, was ich gespürt,
konnten uns endlich wieder, nicht widerstehen,
den Versuch es als Sex mit der Ex abzutun,
scheiterte nie ganz,
wir hatten uns wieder auf uns eingelassen,

Weiterschreiben wollte und konnte er nicht. Seitdem trägt er den Text zusammengefaltet im Anhänger an einer Kette um den Hals, die er von Gabriela zur Hochzeit geschenkt bekommen hatte. Die Gedanken und Erinnerungen spielten sich fast täglich vor seinen Augen ab. Vertieft und betrunken war er in diesem Loch aus Gefühlen und Schmerzen gefangen. Der Wirt seiner zweiten Heimat, der Bahnhofsschänke in Dormagen, riss ihn aus seinen Gedanken-Gefängnis: „Hey Raphael, das reicht, wir schließen die Kneipe. Lass dich nicht unterkriegen."

Der Gastwirt versuchte jede Nacht, ihn zu beruhigen. Raphael blieb in dieser traurigen Zeit hängen.

Doch seine Kinder gaben ihm einen Schub. Er hatte seine Arbeit, die Werkstatt lief dank Sasha erfolgreich weiter, und Sasha hielt ihm den Rücken frei. Er kam an einen Punkt, wo es genug war. Er wollte wieder nach vorne schauen. Er glaubte zwar nicht an die Liebe, die man leben sollte, aber der Alkohol fand kein Ziel mehr in seinem Leben. Vier Wochen waren vergangen, seit er sich das letzte Mal verkrochen hatte. Gabriela, sie war seine Liebe des Lebens, doch was passiert, wenn etwas passiert, womit er nicht gerechnet hatte und konnte? Alles ist Schicksal und soll wohl so geschehen. Er befasste sich lieber mit den leichten, nicht gefühlsrelevanten Geschichten, um seinen Spaß zu haben. Laura-Jane hatte ihm am Vorabend auch mächtig den Marsch geblasen. Nicht im Sinne von, sie bearbeitete seine Männlichkeit mit gezieltem Lippen-Einsatz.

Nein, sie wollte, wie er langsam einsah, dass er nach vorne schaute: „Ja Raphael, Gabriela war weg, sie hat sich aus dem Staub gemacht, aber dein Leben geht weiter. Hier und jetzt", sagte sie.

Er war froh, dass sie ihn immer wieder aufbaute. Auch wenn sie ihre Cousine war, wurde sie, jetzt wo Petra mit ihrem Lover viel unterwegs war, eine sehr gute Freundin, und in seinen Augen war Laura-Jane auch tabu für gewisse Dinge. Raphael machte sich heute zu Fuß auf den Weg zu seiner Kfz-Werkstatt! In Gedanken versunken rempelte er auf dem Weg dorthin eine schwarzhaarige Frau an.

„Oh, Entschuldigung, junge Frau, das wollte ich nicht." Raphael überkam ein fast vergessenes Gefühl, sein Magen drehte sich, und er konnte den Blick nicht von ihren schwarzen Augen lassen. Eine Magie war sofort zwischen den beiden.

Aber sie sagte hastig: „Schon okay, nichts passiert. Wie war dein Name?"

„Raphael!"

„Ja, Raphael, ich muss weiter."

Eine komische Situation. Ihr ging dieser Mann nicht mehr aus dem Kopf. Als er sich am nächsten Samstag mit seinem Freund und möglichen Partner Sasha an einer Hotelbar in Köln traf, stieg Raphael ein süßer Duft in die Nase! Als er das Hotel zufrieden verlassen wollte, konnte er es nicht glauben, er rannte seiner schönen Fremden direkt in die Arme.

„Sie, Du, wie?"

Raphael stockte der Atem. Sie lachte herzhaft und ließ ausgeflogene Schmetterlinge in seinem Bauch Achterbahn fahren.

Nervös fragte er: „Darf ich Sie zu einem Kaffee einladen?"

Gabriela, so stellte sie sich ihm vor, hängte sich bei ihm ein und ließ sich Richtung Tisch führen.

„Zwei Kaffee, bitte", bestellte er. Doch wie ein Magnetfeld um die beiden knisterte es ins Unheimliche hinein. Sie nahm Raphael an die Hand und zog ihn in den Fahrstuhl. „Was machen Sie, was machst du mit mir?" versuchte Raphael zu sagen. Gabriela stoppte die Fahrkabine und ohne Zögern rissen sie sich beide die Kleider vom Leib. Nachdem sie gerade so das Gummi über seine nicht wenigen Zentimeter schieben konnte, fielen sie wie wilde ausgehungerte Vampire übereinander her. Nachdem er sie kräftig und zart zugleich beglückt hatte, fuhren sie weiter. Im 8. Stockwerk kamen sie küssend mit wenig Stoff am Körper aus dem Lift getreten. Sie hatte wohl ein Zimmer hier und knallte die Tür hinter ihnen zu.

„Nimm mich jetzt und sofort, nimm mich Raphael!"
Sie führte seine Hand unter ihrem lila Minirock.

„Spürst du das, wie du mich elektrisiert hast?"

Langsam und fordernd erkundigte er mit seinen Fingern die Hitze, die feucht und brennend wie Lava seine Fingerkuppen umschloss. Er konnte nur noch reagieren, ohne Verstand hob er sie auf die TV – Vitrine. Zitternd atmete er den Duft ihres Körpers ein, ließ sich von ihr immer intensiver in den Wahnsinn treiben. Sie waren in diesem Moment ein gemeinsames Ganzes, eine lodernde Fackel die unaufhörlichen Flammen sprühte, heißer, heller, greller. Er hatte vergessen wie schön es sich anfühlte.

Gabriela stellte sich gebückt und fordernd an die Balkonbrüstung. Sie bewegte ihre nackten Hüften und nahm seine Männlichkeit tief in ihren Unterleib auf, immer wieder fester und tiefer.

Raphael musste Gabriela den Mund leicht zu halten, sonst hätte sie jeden Stoß ihrer Begierde in die untergehende Sonne geschrien. Längst war es Mitternacht.

Gabriela deutete an: „Ich muss langsam aus dem Traum mit dir erwachen, Raphael. Was du mit mir gemacht hast, das lässt sich nicht in Worte fassen."

„Das kann ich nur zurückgeben."

„Lass uns vernünftig sein, bitte. Ich muss gehen,

Raphael. Ich dusche und dann..."

Soweit kam es nicht. Die beiden sahen sich mit einem Blick an und verschwanden im Bad, sie hatten keine andere Wahl. Sie küssten sich so innig und heiß unter dem Wasserstrahl, dass sie zu einem Feuer aus Lava und Eis verschmolzen. Er hob sie verkehrt herum auf seine Schultern, und ihre Lust schmeckte so gut und willenslos. Er inhalierte ihre absolute Weiblichkeit. Völlig ausgepowert und durchgeschüttelt von einem Marathon aus Orgasmuswellen schliefen sie Arm in Arm im Bett ein.

Kapitel 3

„Zimmerservice", drang es durch die Tür. Raphael öffnete die Augen und schaute verwirrt.

„Wo bin ich? Was zum Teufel... spinne ich etwa?" Es war kein Traum.

Diese Frau mit ihrer tief schwarzen Haarpracht hatte ihn willenlos gemacht. Aber sowas von. Raphael erlebte mit Gabriela, was es hieß, das Kamasutra von A bis Z und zurück zu durchleben. Er wusste, was für vierundzwanzig Stunden im Zimmer passiert war, was aus Gestern heute ein Morgen machte. Angetan von ihrer Leidenschaft und dem Rätsel, wer sie war, wo sie war, versuchte er, diese einzigartige Frau zu finden.

Nach vier Monaten ging sie ihm immer noch nicht aus dem Kopf. In einem Kölner Einkaufszentrum rief er plötzlich: „Gabriela, warte doch! Wo warst du auf einmal?"

Ein kleiner Mann mit wenigen Haaren, der Hand in Hand mit seiner Eroberung durch die Einkaufspassage lief, reagierte etwas schroff auf Raphaels Rufe: „Wer ist das denn? Kennst du den?"

Kopfschüttelnd sagte er: „Nein, Edgar, der muss sich irren. Was willst du von mir? Ich kenne dich nicht, und mein Mann auch nicht", rief Gabriela zurück, und es war ihr sehr unangenehm, Raphael so zu schocken. Völlig verdattert konnte er nicht gleich reagieren. Edgar und sie ließen ihn stehen und stiegen in den geparkten Chrysler ein. Sie sagte: „Verrückte gibt es, ehrlich. Muss eine Verwechslung sein, Edgar, sorry."

Raphael wusste nicht, was hier vorging. Durcheinander und unwissend, lief er verwirrt erstmal weiter. Raphael lebte sein Leben so gut wie es ging, kümmerte sich mit Sasha um seine Kfz-Werkstatt. Zu Besuch bei Laura-Jane erzählte er, was sich im Einkaufszentrum an der Kölner Domplatte abgespielt hatte. Gabrielas Cousine, mit der er eine gute freundschaftliche Beziehung führte, sah ihn ziemlich weggetreten. Sie sagte zu ihm, dass es besser wäre, wenn er sich erholte und zu seinen Kindern zurückfahren würde.

„Echt jetzt, am Ende denkt Gabriela noch, ich komme so oft in die USA, um in ihrer Nähe zu sein."

„Ach was, Raphael, komm etwas runter und buche. Santa Monica ist es wert, und die Jungs freuen sich."

Sie und Raphael saßen am Rhein im Biergarten und plauderten über Saarburg. Er entschied sich nach Santa Monica zu fliegen, was ihn freute. Es waren eh fast die 6 Monate rum. Von daher.

In der Flug-Airline lief eine Stewardess den Flur hoch und runter und verteilte Knabbereien und Getränke. Ihm fiel es sehr schwer, der schmalen jungen Frau nicht mit seinen stechenden blauen Augen den Minirock immer etwas höher zu schieben.

„Mensch, Raphael, beherrsche dich", dachte und lachte er in seinen Bart, wo keiner war. Während seine Phantasie sich um die erlebten heißen Stunden drehte, wollte er vorlaufen und sich einen Whisky holen. Höflich fragte er und bekam einen eingeschenkt und wollte an seinen Platz. Die junge schwarzhaarige rempelte ihn so ungeschickt an, dass sie ihm den Whisky über sein weißes Hemd schüttete.

„Oh, das tut mir leid, junger Mann", entschuldigte sie sich. Raphael stand feucht vor der Bordtoilette: „Darf ich Ihnen das Hemd auswaschen, bitte?"

„Nein, schon okay."

„Ich bestehe aber drauf", hauchte sie nur noch ganz leise ihm entgegen.

Raphael knöpfte sein Hemd auf, und sie sah auf seine braun gebrannten Muskeln. Schneller als beide denken konnten, verschwanden sie in der engen Toilette. Raphael stellte sich an die Wand, die kleine Stewardess brachte mit ihren großen Lippen, wie einst Marilyn Monroe, seinen Kolben auf Gefechtsstation und zog ihm mit ihren schmalen Händen vorsichtig das Kondom über die 19 cm. Sie stellte ein Bein auf den Toilettendeckel, er riss ihren Schlüpfer zur Seite und stach in See, aber sowas von. Schnell bescherte er ihr eine Monsterwelle vom allerfeinsten, und sie richteten ihre Kleider und gingen ohne ein Wort ihres Weges. Als wäre nichts gewesen.

Also, Raphael setzte sich in die Reihe und versuchte Gabriela anzurufen, was leider missglückte. In Santa Monica angekommen, ging er nach dem Einchecken in sein Hotelzimmer nach seiner telefonischen Ankündigung zu Gabriela: „Sind Felix und Lukas fertig? Ich möchte mit ihnen an den Strand und die Hitze genießen."

„Hallo, Raphael, sie sind mit unserer Nachbarin Jana nach Los Angeles gefahren, einkaufen. Sie sind erst gegen Abend da."

Raphael sagte enttäuscht: „Ok, ich werde morgen kommen, Gabriela. Der Strand und die Hitze werden ja nicht verschwinden." Raphael blickte ihr wohl irgendwie zu tief in die Augen, denn sie hauchte unerwartet etwas, was, wenn er sich nicht verhörte: „Raphael, ich freue mich, wenn du kommst, weißt du." Gabriela unterbrach den Satz und stotterte: „Ich muss nun rein. Komm einfach morgen, ciao."

Er meinte dann: „Gabriela, ich gehe, aber sag mir, was wolltest du loswerden? Sage es bitte." Raphael hielt plötzlich ihre Hand, die zu zittern schien. „Ach nichts, dachte, du magst vielleicht noch auf einen Kaffee reinkommen, aber das wäre eine schlechte Idee."

„Ernsthaft jetzt?", fragte Raphael

„Das kaufe ich dir nicht ab", bemerkte er. Ihr Smartphone gab einen bekannten Klingelton wieder. „Sie hatte ihn immer noch, unser Lied. Ein Stern, der deinen Namen trägt...", dachte Raphael. Er wartete kurz, ob Janna vielleicht doch noch gleich da wäre. Gabriela hörte er antworten: „Ja, etwas kurzfristig, aber wenn es das Wetter so vorsieht, vielleicht besser. Ja, dann passt es ja, dass ihr Kleider kaufen wart, meine Liebe. Gebt den Kindern einen Kuss, und morgen um zwölf dann. Ja, ich weiß Bescheid. Danke, Jana." Nervös hinterfragte er: „Alles ok?" „Ja, sie übernachtet in Los Angeles, da tobt ein kräftiger Sturm, und sie mag da kein Auto fahren."

„Dann ist es sicher, verstehe. Ich bin dann gegen zwölf, halb eins da morgen. Ob er es lustig oder nicht meinte, sei mal dahingestellt, jedenfalls sagte er: Ihr habt ja dann sturmfrei, wenn dein Brian zurückkommt."

Gabriela bestand darauf: „Komm jetzt, den Kaffee kannst du gerne noch trinken. Außerdem ist Brian weiterhin auf dieser Montage und, ach egal, das ist dir ja Schnurzpiep, ob oder wann, sorry."

Sie unterhielten sich über Kinder und die Leute in Saarburg. Wie Raphael dem Gespräch entnahm, ist er nicht dafür, dass sie Kontakt zu ihrer Vergangenheit pflegt. Naja, dachte er. Das ist wohl nicht ganz meine Baustelle. Raphael gab natürlich nicht preis, dass er sehr oft an sie denken muss und nie richtig darüber hinwegkam über die Trennung und so weiter. Freundlich verabschiedete er sich: „Gabriela, danke für den Kaffee, und wenn was ist, rufe bitte an. Ansonsten bis morgen dann!"

Gabriela flüsterte ganz zart: „Du wolltest wissen, was ich vorhin sagen wollte?"

Verdutzt blieb Raphael stehen. „Die letzte Stunde hast du kleine Sturmböen in mir entfacht." Gabriela wurde rot wie ein Teenager. Sie hatte längst seine Hand genommen und sagte: „Du sagtest, dass die Hitze ja nicht verschwindet, wie recht du hast. Meine Hitze, mein Feuer nach dir, begegnet mir immer wieder, wenn ich einsam bin und verträumt zurückblicke."

Das war der entscheidende Moment. Raphael konnte nicht an sich halten.

Er nahm Gabriela ganz fest in den Arm, und sie verschmolz in seiner Umarmung. Wie und warum das nun in diesem Moment über die beiden kam, spielte keine Rolle. Es fühlte sich gut an. Gabriela knöpfte sein Jeanshemd auf und küsste seine gut riechende Brust intensiv. Mit den kleinen Fingern musste sie ihren Lippen helfen, die neunzehn Zentimeter freizulegen, um sie mit ihrem Mund zu umschließen. Seine Zähne entfernten die lästige Halterung ihres BHs. Wie sehr er sich nach ihrem warmen, süßen Busen gesehnt hatte.

Gabriela genoss es, wie Raphael jede Stelle mit seiner Zunge liebkoste. Raphael knabberte und liebkoste ihre Ohrläppchen und ließ ihren Hals mit seinen fordernden Küssen brennen.

Gabriela fühlte sich in diesem Moment so begehrt. Orgasmus eins, zwei, drei - er hatte ihre zitternde Vulva berührt und ihre nass triefenden Schamlippen, die Mitte ihrer Fraulichkeit, in eine unaufhörliche Ekstase versetzt. Beide konnten sich nicht mehr halten, zärtlich und hingebungsvoll vollzogen sie einen von Explosionen begleiteten Beischlaf, der es in sich hatte. Gabriela wollte Raphael nicht gehen lassen, nicht heute Nacht, wo sie sich ihrer Sehnsucht völlig hingab. Raphael wusste, dass diese Nacht kein Neuanfang bedeutete, eher eine versteckte Anziehungskraft, die in diesem einsamen Moment über Gabriela kam und wohl auch über ihn, ohne Reue.

Gabriela dachte schon im ersten Moment, dass Raphael noch etwas Liebe für sie empfand, wenn er sie so hemmungslos begehrte und sie von einem Reihenorgasmus in den nächsten manövrierte. Doch sie hatte ein neues Leben, und Raphael, wusste sie von Laura-Jane, hatte an den hier und da vorkommenden Sexgeschichten seinen Spaß. Und letztendlich würden sie eben nur die Kinder verbinden. Die beiden sprachen wenig, und es schien, als seien sie nur unter einem Dach, um sich in eine besondere Art der Bewusstlosigkeit zu lieben, um nach einer kurzen Zeit das Feuer erneut heißer und feuriger werden zu lassen. Was die beiden in diesem Moment verband, welchen Drang sie hatten, sich so zu verausgaben in der Leidenschaft, ihrer wieder und wieder aufflammenden Sexlust, das weiß nur der Liebesgott Eros. Man konnte sich Gabriela gut vorstellen, wie Raphael sie in dieser Nacht sah, und der Blick sich richtig festgefressen hatte. Sie war klein und süß mit ihrem Grübchen auf den Backen, das Raphael so liebte! Ihre Haare trug sie heute schwarz und schulterlang. Zierlich gebaut und irgendwie erinnerte diese geistige Beschreibung doch an die lustvolle Affäre, die sich Raphael seit langem gönnte, um sich eine Liebe auszureden, was er eher unbewusst verdrängte. Doch wie nannte man das, was sich in dieser Nacht über ihre Körper immer wieder und immer wieder übergoss?

Irgendwann gegen zwei Uhr morgens schliefen sie wie einst in Dormagen, Arm in Arm, ein und streichelten sich im Schlaf weiter, um sich gegenseitig zu spüren, dass jeder merkte, keiner würde den anderen verlieren. Doch so war es leider nicht mehr.

Kapitel 4

Gabriela stand früh morgens in der Dusche und war von der einerseits wunderschönen, lustvollen Nacht mit Raphael berührt und wusste gleichzeitig, dass das Gewesene sich nicht wiederholen durfte. Es hatte seine Gründe, warum sie mit Brian nach Santa Monica gegangen war, samt den Kindern. Als sie so grübelte und an sich zweifelte, wie das Sexfeuer nur so über sie niedergehen konnte, hörte sie plötzlich eine Stimme: „Guten Morgen, Gabriela. Danke für die Stunden, die wir uns geschenkt haben. Ich weiß, das war nicht das, was sein sollte, doch es war wunderschön. Ich bin dann mal weg, gegen Mittag wieder hier. Tschüss!"

Hinter der Dusche kam nur: „Psst, Raphael, ich fand es auch nicht verwerflich, Sex mit dem Ex. Das muss nichts Schlimmes sein, macht die Seele rein."

Mit einem ziehenden Geräusch riss Gabriela, noch während Raphael da stand, den Duschvorhang weg und streckte ihre Hand aus. Man konnte nur erahnen, wie schnell er sich entkleidete und zu Gabriela unter das fließende Nass huschte. Ihre Lippen fanden sich, und da war sie wieder, diese körperliche Anziehungskraft. Raphael wartete nicht lange und nahm sich Gabriela, schob seine Manneskraft in sie hinein, und sie spürte jede Flamme, jeden heißer werdenden Orgasmus intensiv, während Raphael fest ihre Pobacken umklammerte und sich ergoss. Er kniete sich vor Gabriela, küsste ihre zitternde Mitte. Dann, ohne ein weiteres Wort, zogen sie sich an: „Bis später dann, wir sehen uns."

Langsam hinterfragte er sich, was mit ihm los war, ob er den Sex mit der verheirateten Sabrina jedes Mal auf Gabriela projizierte. Wer konnte schon genau in den Kopf von Raphael reinschauen, wenn nicht er selbst? Die nächsten Tage verbrachte er mit Lukas und Felix wie geplant am Strand von Santa Monica. Zwei Wochen später war es zwar etwas komisch für Raphael, mit der Situation umzugehen, aber da musste er ja durch.

Die Kinder waren bei ihrer Mutter, und während Raphael im Bus nach Los Angeles saß, unterhielt er sich mit einer Lena Marie Popov, die er vor ein paar Tagen bereits am Strand gesehen hatte. Sie war ihm im Gedächtnis geblieben, weil er damals dachte: „Wow, was für eine attraktive Frau, und sie steht auf Frauen." In diesem Moment nahm er an, dass sie sich mit einer schlanken blonden Frau intensiv küsste. Dass sie es nicht vor aller Augen trieb, war schon alles. Aber das hatte er längst vergessen und stattdessen seine Zeit und Gedanken seinen Kindern gewidmet. Es tat zwar etwas weh, wenn er Gabriela sah, wie sie mit ihren schwarz gefärbten Haaren an ihm vorbeischwänzelte. Doch der Gockel aus Saarburg musste wohl oder übel damit umgehen. Er fragte sich zwar ständig: „Warum habe ich ständig Sex-Affären und Spielchen mit dieser und jener, aber meine Gefühle für Gabriela wollen einfach nicht verschwinden? Nun ist etwas zwischen uns passiert, und danach herrscht Kälte, als wäre nichts geschehen. Ich verstehe es nicht."

Jedes Mal, wenn er sich von seinen Jungs verabschiedete, war er schon deprimiert. Es war ein mieses Gefühl, Gabriela in den Arm nehmen zu wollen, es aber unterlassen zu müssen. Die kurzen Ferien waren vorbei, und es ging mit dem Bus zügig zum Flughafen, um nach Deutschland zu fliegen. Er wechselte ein paar Worte mit Lena, aber sie schien etwas abwesend zu sein. Näher nachzubohren, war nicht gerade sein Ding - zumindest nicht im Moment.

Sie trafen sich erneut am Busbahnhof von Santa Monica. Nachdem er sie kurz am Strand gesehen hatte, hätte er nicht gedacht, dass er sie vielleicht im Bus zum Flughafen treffen würde. Beide fuhren in Gedanken versunken nach Los Angeles zum Flughafen, was naheliegend war, da sie beide auch nach Köln/Bonn wollten.

Lena Marie erzählte plötzlich, dass sie ihren Mann Anska verlassen hatte, mit dem sie in Köln lebte und sich gemeinsame Kinder gewünscht hatten. Um den Kopf frei zu bekommen, gönnte sie sich Urlaub, um etwas abzuschalten. Ihr schien es nicht gut zu gehen, daher sagte er auch nichts, als sie sich mit ihrem Kopf an ihn lehnte und einschlief. Bestimmt war sie noch jung, und seit dem Besuch bei Gabriela hin und her denkend, empfand er Mitleid, obwohl er nicht genau wusste, was sich da abspielte. Raphael streichelte sie an der Wange und sagte: „Lena Marie, wir sind da, wir müssen aussteigen." „Oh, entschuldige, bin ich auf deinen Schultern eingeschlafen?" gähnte sie. Los Angeles Airport, nun ging es zurück in die Wirklichkeit! Raphael fragte ohne Hintergedanken: „Wollen wir vorne noch einen Snack nehmen und einen frischen Kaffee?"

„Ich habe auch mein Päckchen zu tragen, und es ist schwer, den richtigen neuen Weg zu finden."

Lena Marie nahm den Vorschlag gerne an. Raphael bückte sich, hob etwas auf und sagte: „Du hast dieses rosa Buch verloren."

Als sie es an sich riss, schien es ihr sehr wichtig zu sein. „Danke dir, es ist ein Tagebuch und ein Buch über schöne und nicht so schöne Dinge, die ich niedergeschrieben habe, um die schlechten halbwegs loszuwerden. Natürlich funktionierte das nicht immer. Man sagte mir mal, wenn mich etwas beschäftigt, soll ich mich hinsetzen und es von der Seele schreiben. Und so schön es mit Anska war, so oft tat es in meinem Herzen weh, wenn ich wusste, dass er wieder bei einer seiner vielen Sex-Gespielinnen war", erzählte sie ihm völlig offen.

In diesem Moment dachte er auch daran, dass er zwar Gabriela gegenüber nicht untreu geworden war, aber er hatte irgendwie viele Ehemänner ersetzt, auf unrechtmäßige Weise. Lena Marie schien Raphael auf eine gewisse Weise zu vertrauen, was er sehr schön fand. Auch wenn es ungewohnt war, einer Frau zuzuhören, wenn sie sich solche Dinge von der Seele redete, und andererseits keine sexuelle Anziehungskraft zu spüren. Aber das war auch nicht angebracht.

Schnell merkte er, dass sie sich nicht gut dabei fühlte, wieder in die Heimat zu fliegen, obwohl diese nur dreißig Kilometer von seinem Loft in Dormagen entfernt war. „Moment, Lena Marie, ich gehe kurz für die Kleinen, ich fliege nicht weg."

Sie knabberte an ihrem Donut und sah auf Raphaels Koffer, der nichts Besonderes darstellte. Dennoch schrieb sie ihre Telefonnummer auf einen Zettel und steckte ihn in die Seitentasche. Es wäre einfacher gewesen, ihn ihm direkt zu geben.

„So, lass uns jetzt zahlen und zum Schalter gehen", sagte Raphael und verließ mit ihr das Café am Flughafen. Während des Fluges unterhielten sie sich weiter über dies und das. Raphael wollte eigentlich fragen, als sie am heimischen Flughafen ankamen, ob er ihre Telefonnummer haben könnte. Doch Lena Marie sagte schon, als sie in das Taxi stieg: „Es war schön, mit dir zu reden. Vielleicht sehen wir uns ja mal, ich bin ja in Köln."

So schien es Raphael, dass es ihr lieber war, auf diese Weise zu gehen. Er müsste nur in ihren Koffer schauen. „Lena Marie, halt, du hast dein Tagebuch auf dem Briefkasten liegen lassen", versuchte er, das Taxi anzuhalten, doch es war bereits im dichten Verkehr verschwunden.

Er dachte: „Hätte ich nur nach ihrer Nummer gefragt, und nun?" Raphael hatte die USA hinter sich gelassen. Nach dem ernsten Gespräch mit Lena Marie dachte er: „Sollte ich zu meinen Kindern ziehen?"

Es tat ihm weh, seine Jungs in den USA zurückzulassen. Und in diesem Moment nicht nur die Kinder.

Aber das erneute Zusammentreffen mit Gabriela in der Welt der Leidenschaft sollte um ihrer beider Gesichter zu wahren nicht so schnell wieder passieren, oder? Das Leben musste ja auch so weitergehen. Felix und sein Bruder Lukas waren gerne drüben, und das war in Ordnung so. Das nächste Taxi, das kam, war für ihn.

„Bitte zum Köln Hauptbahnhof", sagte er. In Gedanken vertieft und mit kleinen Plaudereien, die man eben im Taxi hat, ging es dann schnell voran. Was er mit dem Tagebuch machte, wusste er nicht genau, also steckte er es in den Koffer. Müde vom Jetlag schlürfte er zum Gleis Zwölf, Richtung Dormagen. Im halben Schlaf schreckte ihn ein Klingeln auf.

„Ja, Raphael Vogler, hallo?" Es wurde aufgelegt. Gleich darauf versuchte er, die ihm unbekannte Nummer zurückzurufen und hoffte, Klarheit darüber zu erhalten, wer da angerufen hatte. Es klingelte zweimal, dreimal. Mit einer nervös klingenden Stimme meldete sich jemand.

„Raphael, ich wollte dich schon mehrfach kontaktieren, aber..." Er unterbrach sie: „Bist du das, Sabrina?"

„Ja, mein Lieber, ich habe so Sehnsucht nach dir gehabt. Ich wollte dir erklären, was, warum, wie es eben war!" Ob er sich freuen sollte oder sie mit Fragen löchern sollte, wusste er nicht. Das einfachste, aber vielleicht auch das blödeste, war, das Gespräch einfach abzubrechen. Aber er wählte gleich noch einmal.

„Sabrina, entschuldige, aber weißt du, wie leer ich

mich gefühlt habe? Das waren die heißesten vierundzwanzig Stunden schlechthin. Und du warst einfach weg, ohne ein Wort. Und wer war der Mann an deiner Seite, als ich dich zufällig gesehen habe?"

Sabrina wusste, dass sie es ihm erklären musste, und fing klein an: „Raphael, also es war so, als du mich auf der Straße angerempelt hast, da habe ich einen Stich gefühlt, einen Blitz erlebt und war so von dir angetan, wir waren voneinander angetan. Die Stunden, heiß, feucht und hingebungsvoll, waren der Beweis."

„Aber Sabrina, warum zum Teufel hast du dich dann aus dem Staub gemacht? Heißt du überhaupt so? Moment, mein ICE überholt gerade einen Güterzug, das wird kurz laut."

Er hörte den Lärm, der direkt aus dem iPhone drang. „Sabrina, wo bist du? Sitzt du auch in einem Zug?"

Etwas verwirrt kratzte er sich an der Stirn. Sabrina war zu hören. Wie sich herausstellte, war es reiner Zufall. Sabrina stand plötzlich neben Raphael.

„Wie kommst du hierher?" fragten sie sich gleichzeitig beide. Sie erklärte weiter: „Da bin ich also stehengeblieben."

Er bat sie, ihn aufzuklären. „Den Mann, den du gesehen hast, das war mein Ehemann Edgar!"

Raphael schluckte.

„Als das mit uns passierte, lebten wir schon längst von Bett und Tisch getrennt. Und die Tatsache, dass ich ihn zum Flughafen Köln/Bonn gebracht habe, führte dazu, dass ich im selben Zug saß. Schicksal.

Raphael, ich habe dich nicht vergessen. Ich bin finanziell und gesellschaftlich von ihm abhängig, und eine Scheidung kommt für mich nicht in Frage, verstehst du?" Einen Moment verstummte er und versuchte, sich zu sammeln.

„Sabrina, ich begehre dich, und egal wie, Hauptsache, wir stillen unsere Sehnsucht nach körperlicher Liebe, okay? Aber ich habe es immer vermieden, 'Ich liebe dich' zu sagen, aus gewissen Gründen eben. Denn wir wissen doch alle, wo Raphaels Herz in ganz tiefster Tiefe schlägt, oder nicht?" Aus den Ansagen hörte man: „Nächster Halt Dormagen Hauptbahnhof."

Sie mussten ihre fordernden Lippen, die sie wieder aneinander klebten, trennen, und es stand für Raphael außer Frage, wo er die körperliche Unterhaltung mit seiner schwarzen Venus fortsetzte.

Es war Samstag, und ihr vermeintlicher Mann würde erst am Montag zurückfliegen. Nach einer sehr lustvollen Nacht, erfüllt von gewohnter Leidenschaft und feuchtem Ineinanderfließen, war klar, dass sie die versäumte Zweisamkeit, um es vorsichtig auszudrücken, mit allen Mitteln und körperlicher Raffinesse auslebten. Nackt lagen sie zur Entspannung ehrlich in Raphaels Whirlpool. Er wusch ihr den Rücken und kam versehentlich mit seinen Händen nach vorne an ihren schönen Busen.

„Ups, sorry Sabrina", grinste er und musste sich zurückhalten. Sie sah ihm in die bettelnden Augen und sagte: „Ja, wer meldet sich denn da und schaut hier so vorlaut aus der Wasserdecke? Na, dann wollen wir

ihn mal etwas zum Glänzen bringen." Sabrina spürte
das Vibrieren und Zucken bei der kleinsten Berührung
mit ihrem fordernden Mund. In Zeitlupe griff sie nach
der Seife, um ihn noch verrückter zu machen.

„Sabrina, du Luder, was machst du mit mir?" lachte
er. „Oh, Moment, da ist mir doch die Seife aus der
Hand gefallen", entgegnete sie, und nun konnte auch
sie sich nicht mehr zurückhalten.

Sabrina griff fordernd nach Raphaels Männlichkeit
und genoss die aufheizenden Spielchen ebenso wie er.
Ihre Erregung war förmlich spürbar. Leise hauchte sie:
„Wollten wir nicht eigentlich nur entspannen?" darauf
konnte er nur erwidern: „Ich liebe diese Art von Entspannung."

Als Sabrina aus der Wanne steigen wollte, um in ihren Frottee-Bademantel zu schlüpfen, zog er sie zurück in die Wanne, weil sie ja so lange abstinent waren. Es war unglaublich. Wie ausgehungert fielen sie
erneut übereinander her. Die Whirlpool-Düsen mas-
sierten zusätzlich ihre empfindlichen Stellen. Sabrina
lebte mit Raphael aus, was ihr Mann ihr versäumt
hatte zu geben. Und er konnte einfach nicht genug von
ihr bekommen. Warum Raphael unbedingt rauskommen wollte, würde später geklärt werden.

„Die drei Tage vergingen wie im Flug", bemerkte
er. Das war das Stichwort für sie. Schnell zog sie sich
an. Als ihre Bett-Affäre, so sah sie das, auf dem Balkon
Luft schnappte, umarmte sie ihn und sagte: „Raphael,
es war wunderschön, aber ich muss meinen Mann abholen, er erwartet mich nachher. Wir müssen schauen,
wie und wann ich die Hitze deiner Lenden wieder

spüren darf." Sie gab ihm einen Kuss zum Abschied. „Nein, Raphael, nein, lass das, es geht nicht!" musste sie sich ihm entreißen und eilte in den Fahrstuhl. Mit seinen starken Armen verhinderte er das Schließen der Tür. Zwar tat sie so, als sei es nun keine Zeit mehr für einen harmlosen Abschiedskuss, doch als Raphael ihre Brustwarzen unter ihrer Bluse hart zwirbelte, drückte sie mit der Hand auf den Stoppknopf! Er drückte Sabrina zärtlich und zugleich fordernd an die Fahrstuhlwand. Er drang mit solcher Hingabe in sie ein, dass sie aufschrie und beinahe ohnmächtig vor Ekstase wurde. Jetzt aber beeilte sich Sabrina und kam rechtzeitig am Flughafen Köln/Bonn an. Raphael zog sich den goldenen Anhänger von Sabrina an, den er immer ablegte, wenn Gabriela da war.

Sie fragte auch nicht. Nun würde sie übermorgen mit ihrem Mann erst einmal sechs Monate geschäftlich ins entfernte München fliegen. Mit einem schlechten Gewissen musste sie nun erst einmal klarkommen, denn das hatte sie Raphael nicht mitgeteilt. Anfangs waren es bittere Monate. Sabrina zu vermissen war nicht leicht. Zwar flog er zwischenzeitlich nach Santa Monica, aber es fiel Raphael schwer, wieder nur auf Abstand zu ihr zu gehen! Sabrina schaffte es mit ihrer, oder auch seiner, Liebe zu dieser eigentlich verbotenen Sexaffäre, Gabriela im realen Leben weit nach hinten zu drängen. Die Frage, ob sie sich fest verbinden sollten, stellte er sich irgendwie nicht. Sabrinas Mann Edgar verschwand auch abends und kam spät in der Nacht zurück. Obwohl längst keine Liebe mehr da war, fühlte sie sich trotzdem irgendwie allein. Der wohl letzte Abend im Hotel Residenz am Jürgens Platz. Raphael griff natürlich nicht nach seinem Smartphone. Sabrina ließ sich vom Page gelangweilt eine zweite Flasche Champagner auf ihr Zimmer bringen. Der blonde Spanier klopfte an ihre Tür.

„Komm herein, Sandro." Der widersprach Sabrina höflich mit spanischem Akzent:

„Hier ist Ihr Champagner, Frau Queich, ich heiße nicht Sandro, ich bin Pedro." Er streckte ihr seine Hand entgegen und hoffte, zum Feierabend ein paar Euro extra zu bekommen.

„Ah, so, Pedro also. Hier für Ihre liebenswerte Art." Sabrina kramte in ihrer Tasche und gab ihm ein grünes Päckchen - keine Euros, ein Kondom. Sie zog ihn zu sich und Pedro, der wusste, dass ihr Mann Edgar Queich sich nicht in der Stadt befand, verriegelte die Tür und erwiderte ihre heißen Küsse. Oh Raphael, wo warst du? Endlich bist du hier, bei mir. Der Page Pedro wusste zwar, dass sie ihn nicht meinte, jedoch konnte er die verdammt gutaussehende, schwarzhaarige Frau in keiner Weise verachten. Sabrina setzte ihren Mund ein, um ihn hart und kräftig zu machen, und zog ihm mit den Zähnen das Kondom über. Sabrina hatte sich bis auf ihre rote Reizwäsche freigemacht und der junge Spanier nahm sie von hinten, von vorne, auf der Minibar wie ein wilder Stier.

Sie genoss den willenlosen Sex, und auch wenn es schnell ging und er sich in ihr ergoss, hatte sie nicht genug und ließ ihn nicht frei. Sie setzte sich auf den standhaften Pagen und ritt ihn wie eine ausgehungerte, vernachlässigte Ehefrau. Pedro war ein zweiundzwanzigjähriger, der einfach mal eine solche Frau begehren wollte und die Gelegenheit ergriff. Sabrina drehte sich um und bat Pedro, ihr Zimmer mit Stillschweigen zu verlassen, und schob ihm 50€ Trinkgeld zu. Ein schlechtes Gewissen gegenüber Raphael spürte sie nicht, und Edgar? Edgar war nur noch auf dem Papier mit ihr verheiratet.

Seit zwei Jahren schlief er nicht mehr mit dieser stets nach Sex verlangenden Frau. Währenddessen war Raphael bei seinen Kindern und wunderte sich, dass er ihren Freund Brian schon lange nicht mehr gesehen hatte, aber das musste und konnte ihm egal sein.

Kapitel 5

Wieder in Dormagen wartete viel Ablenkung. Seine Werkstatt lief gut, und er hatte sich auch gefreut, dass er Gabriela bald wiedersehen konnte. Es klingelte, und er war guter Hoffnung: „Raphael Vogler?" „Ja, ich bin es", antwortete er, „Sabrina, ich muss dir etwas mitteilen. Wir müssen erst einmal länger als die sechs Monate hier in München bleiben. Edgar hat eine Bungalow angemietet."

„Hallo, Raphael?" Sie schwieg einen Moment und sagte dann: „Warum auf einmal? Sagtest du nicht, ihr seid eh schon von Bett und Tisch getrennt? Ich dachte, du kommst nächste Woche zurück, ich habe mich so gefreut."

Sie bedauerte: „Es tut mir leid, Raphael. Wir sehen uns, versprochen. Ich muss mit Edgar als seine Frau an seiner Seite auf verschiedene öffentliche Verpflichtungen und Empfänge. Raphael, wir sehen uns bald, versprochen. Ich vermisse deine zärtlichen Hände und das Feuer in meinem tiefsten Inneren. Bitte lass mich später erklären. Ich muss nun auflegen."

Und weg war sie wieder! Irgendwie vermutete er, dass sie sich entweder mit ihrem Mann Edgar wieder eingelassen hatte oder eben einen neuen Liebhaber in München gefunden hatte. Wer weiß, wer weiß. Man merkte, dass Raphael ein wenig eifersüchtig war. Er kannte Gabriela und wusste, dass sie gerne ihre sexuellen Gelüste auslebte. Zwar könnte er nach München fliegen oder sie einfach anrufen, aber das erschien ihm jetzt zu dumm. Seine Gedanken drehten sich um Edgar und ob dort ein neuer Verehrer bei ihr war. Da es eben nun so war, musste er sich vorerst damit abfinden. Dass sie es heftig mit dem Hotel-Pagen Pedro krachen ließ, das konnte er ja sowieso nicht wissen. Raphael hatte beschlossen, dass er sich am Wochenende auf seine Maschine setzen und in die Heimat fahren wollte. Saarburg, da war er schon lange nicht mehr gewesen, da es immer irgendwie unangenehme Erinnerungen hervorrief.

Aber auch Laura-Jane fuhr hin mit ihrem VW-Bus, den er immer in seiner Werkstatt instand hielt. Das Wetter war gut, und sein Motorrad lief und lief. Auf Onkel Oliver freute er sich auch, obwohl dieser seit letztem Jahr häufig in Köln und München zu tun hatte mit seinen Staubsaugern. Ja, Staubsauger, die er vorstellte und verkaufte. Er wollte in der Schiller Allee sein. Der blond-junggebliebene Raphael genoss die Fahrt über Landstraßen und durch die Natur. Die Autobahn wäre zwar schneller gewesen, aber das entsprach nicht seinem Geschmack, immer nur geradeaus zu fahren. So fuhr er gemütlich nach Saarburg ein und genoss das angenehme Wiedersehen mit seiner Heimat.

Außer dem schlechten Gewissen, da er damals wegen der Trennung von seiner großen Liebe nicht bei

Opa Willis Abschied dabei war. Er klingelte bei Wolfgang, Opa Willis Bruder.

„Da bist du ja endlich, Raphael", freute sich Laura-Jane, die schon längst mit ihrer Kiste da war. Trotz der Trennung zwischen ihm und Gabriela, was ihr Leid tat, verstanden sie sich immer noch gut.

„Na, Wolfgang, was macht dein Rheuma? Und wo treibt sich Onkel Oliver rum?", fragte Raphael.

Der Begriff „Onkel" gefiel ihm nicht so sehr, da er nicht viel älter war als Raphael! Doch das hörte er ja nicht, denn Wolfgang erklärte ihm, dass er leider unterwegs war mit seinem Firmenwagen.

„Du, ich glaube, der fährt die Tour nach München."

„Ach, da freut man sich, dass man Familie sieht", lachte er und nahm sich von Wolfgangs Käsekuchen. Laura-Jane und er quatschten, und sie musste Raphael darauf ansprechen: „Raphael, willst du mir mal verraten, warum es dir so wichtig war, ob mein bester Freund Lorenz Zeit hat und ob er die Detektei noch hat?"

Er hatte das fast verdrängt, aber ihm fiel gleich wieder Gabriela ein, die er schon einige Zeit nicht gesehen hatte und vermisste, um sie bei sich zu haben. Gut, wenn er ehrlich war, vermisste er es, mit ihr zu schlafen.

„Ja, was ist jetzt, Großer?", fragte sie neugierig, wie sie eben ist.

„Ok, komm mal mit in den Hof. Wolfgang, wir sind gleich da, ja? Also, hör mal zu. Wie du weißt, hat meine geheimnisvolle Liebschaft oder Affäre einen Mann, Edgar, der mir immer wieder Fragen aufgibt.

Sabrina sagte mal, dass sie mit ihm von Tisch und Bett getrennt sei, aber nicht sich scheiden lassen kann oder will. Trotzdem ist er oft allein weg und besteht gleichzeitig darauf, dass sie in der Öffentlichkeit immer mit ihm auf Empfänge und Firmenanlässe geht."

„Und was soll Lorenz jetzt tun?", fragte Laura-Jane. Raphael erklärte weiter: „Also, ich möchte, dass er mir den Gefallen tut und mehr über diese Ehe bzw. über das Privatleben von Edgar herausbekommt. Schafft er das? Ich bezahle ihn selbstverständlich auch."

Sie versuchte ihn zu verstehen: „Was erhoffst du dir dadurch? Willst du, dass etwas herauskommt und Sabrina sich trennt oder was soll das?" „Ich kann es dir nicht genau sagen, Laura-Jane. Bitte rede mit deinem Lorenz."

„Hallo, das ist nicht mein Lorenz. Vergiss es, er ist mein bester Freund und außerdem hat er eine Beziehung mit Bastian, für den er nach Köln gezogen ist." Ja, ihr bester Freund ist homosexuell, was völlig in Ordnung ist. Lorenz war ein sehr verständnisvoller Freund, der immer ein offenes Ohr für Laura-Jane hatte, außerdem hat er sie nie angemacht. Genauso wie es zwischen Raphael und seiner besten Freundin Petra immer funktioniert hatte. Laura-Jane hatte auch nicht vor, Raphael in ihre Liste von Versuchen, Gabriela zu vergessen, aufzunehmen. Wer weiß, ob Liebe zwischen Frauen oder Männern oder klassisch zwischen beiden ist, ist völlig egal. Hauptsache, es ist Liebe, und sie stehen zueinander. Zurück im Hof in Saarburg gab Raphael ihr die Hälfte von tausend Euro, damit sie ihm den Auftrag und die Daten gab.

Laura-Jane schrieb sich den Namen Edgar von Queich und die Adresse, die sie von Gabriela wusste, auf.

„Von Queich klang nach Geld", dachte Raphael! Die Freunde blieben noch zwei Stunden, und da es ihm zu spät wurde, stellte er seine Maschine in die leere Garage des Hauses und fuhr mit Laura-Jane im alten VW-Bus nach Dormagen. Zwei Wochen vergingen, und Raphael wollte Freitagnachmittag mal pünktlich raus. Er hatte vor, seine Maschine aus Saarburg zu holen. Als er sie vor die Werkstatt stellte und dort in seinem ölverschmierten Overall stand, hörte er eine vertraute, verruchte Stimme: „Was für ein enges, gut proportioniertes Hinterteil, was für ein Anblick, darf man da mal anfassen?"

Er kannte diese Stimme nur zu gut. Aus dem Nichts stand Gabriela auf dem Hof, und Raphael schnappte nach Luft: „Was für eine Überraschung. Ich dachte schon, ich sehe dich nicht mehr." „Ach was", lächelte Sabrina, „ich sagte doch, wir werden uns wiedersehen. Ich kann doch so eine Erscheinung von einem Mann nicht einfach aus den Fingern gleiten lassen, du hast mir wahnsinnig gefehlt." Wenn Raphael wüsste, was mit Pedro passiert war. Sie hatten sich viel zu erzählen.

„Steig doch hinten auf, wir fahren gemeinsam zu mir, hast du hoffentlich Zeit." Gabriela setzte sich schön eng an Raphael, was für ihn nicht ohne Folgen blieb, und sie fuhren über den Hof.

An der nächsten Straßenkreuzung bat sie ihn noch einmal zurückzufahren und sagte: „Ich halte es wirklich nicht aus, Raphael!" In der Werkstatt angekommen, setzte sich Raphael lässig auf die Motorhaube des schwarzen Siebener BMWs und scherzte: „Soll ich dir helfen, deinen Rock hochzuschieben?"

Tatsächlich antwortete sie: „Kannst du meinen Rock kurz öffnen?"

„Natürlich gerne", erwiderte er. Doch als er den Rock öffnete, stand sie splitternackt in der Halle, und etwas wollte unbedingt aus seiner Hose heraus. Er stammelte: „Das sieht aber nicht nach einer Pinkelpause aus."

Gabriela griff liebevoll in seinen Schritt und tätschelte die große Beule unter seinem Waschbrettbauch. „Ich will dich jetzt, und ich will dich hier. Lösche mein brennendes Verlangen nach dir, fülle mich aus, bitte!", flehte sie Raphael an. Raphael nahm ihre Worte zu Herzen. Schneller als schnell befreite er sich aus seinem Einteiler, der es wenigstens bis zu den Knien schaffte, und ließ sich mit einem röhrenden Aufschrei in ihren nassen, engen Körper hinab. Die Vorstellung, dass ein Kollege jederzeit in die Halle kommen könnte, machte sie beide heiß. Sie vermisste die harte und zugleich sanfte Zärtlichkeit von Raphael. Völlig mit altem Öl verschmiert, konnten sie nicht voneinander lassen.

Raphael legte Gabriela auf die Motorhaube, damit er sie von hinten beglücken konnte. Er nahm sie sowohl weich als auch hart zugleich. Ihren schwarzen Haarschopf zog er dabei immer wieder leicht zu sich heran, und sie spürte mit Euphorie jedes gefühlte Anschlagen gegen ihren Kehlkopf. Doch auch diese Leidenschaft musste der Zeit weichen. Bevor sie sich leicht erschöpft die herumliegenden Kleider anzogen, durfte ihr Ölprinz die orale Säuberung jedes der 19 Zentimeter über sich lustvoll ergehen lassen. Der finale Abschluss lief warm ihre Speiseröhre hinunter. Wie es hin und wieder eben vorkam, fielen sie übereinander her, und ab und zu vergaßen sie die Zeit.

Die Sonne war längst hinter dem Horizont verschwunden, in einem traumhaften Rotschimmer. Sie fuhren mit seinem Firmen-Jeep zu Raphael nach Hause, um einfach wie zwei verliebte Menschen Arm in Arm aneinander gekuschelt einzuschlafen. Wer es glaubt, kennt die beiden nicht. Egal, was sie versuchten, sie schafften es nicht, die Kleider anzubehalten. Und so verbrachten sie das ganze Wochenende im Dauerrausch, obwohl Raphael eigentlich nur sein geliebtes Motorrad abholen wollte und nichts weiter geplant hatte.

Raphael fragte Gabriela, ob er sie zum Flughafen bringen könne. „Ich muss sowieso den Siebener BMW nach Köln bringen." Gesagt, getan. Nachdem er die Papiere eingesteckt hatte, machten sie sich auf den Weg. „Gabriela, wird dir nicht heiß mit dem Mantel?", fragte er. „Jetzt, wo du es sagst", antwortete sie und bewegte sich aus den Ärmeln, wodurch Raphael beinahe in den Wald fuhr. „Gabriela, was machst du?" Sie hatte unter ihrem Sommermantel nur die schwarze Spitzenwäsche an, die er ihr geschenkt hatte. „Siehst du hier das Schild, 'Waldparkplatz'?" Raphael trat auf die Bremse.

„Aber ich dachte, du musst... ich meine, wir müssen doch..." Bevor er weiterreden konnte, beugte sie sich hinüber und machte sich an seiner Jeans zu schaffen. „Was machst du, Sabrina? Was, wenn hier jemand kommt?" Doch das hielt sie nicht zurück. Im Gegenteil, die Vorstellung, beobachtet zu werden, machte sie rasend.

Reden konnte sie in diesem Moment ja echt nicht, dafür hatte sie den Mund zu voll genommen, im wahrsten Sinne des Wortes. Nun lassen Sie schon die Finger nicht bei sich in fremden Wagen. Gabriela nahm passgenau Platz und nahm die Fülle seiner Männlichkeit Zentimeter für Zentimeter in sich auf. Der KFZ-(Sex)Meister raffte die Sitzbezüge richtig, startete den Motor und die Fahrt sollte weitergehen, diesmal mit Kleidern, flachste er. Trotzdem konnte sie nicht anders, sie öffnete fingerfertig den Reißverschluss seiner Hose.

Und so konnte er natürlich nicht fahren, was ihn sichtlich nicht störte. Sein Blut schoss dorthin, wo Sabrina alles mit ihren Lippen umschloss. Sie saugte seine Männlichkeit förmlich in ihren Rachen, und Raphael konnte sich nicht halten. „So, nun können wir fahren", sagte Gabriela und leckte sich über die Lippen. „Für was habe ich Automatik?" Und er nutzte seine freie Hand, um sich bei Gabriela zu revanchieren.

Langsam und mit einer Sanftheit kribbelte er am Oberschenkel entlang, um ihren ohnehin zu kurzen Rock etwas auf die Seite zu schieben. Mit seinen Fingern spürte er die Nässe über seine Hand laufen.

Schneller und schneller kitzelte er sie an ihrer Stelle, dem gleich explodierenden G-Punkt. Zum Glück waren die Fenster hochgedreht, während sie ihre Orgasmuswellen vertonte. Jetzt endlich ging es weiter, dachte man.

Aber er fuhr tiefer in den Wald. „Hey Raphael, wir müssen in die andere Richtung." „Richtig, Sabrina, klettere du schon mal nach hinten, der BMW hat eine breite Rückbank." Das ließ sie sich nicht zweimal sagen und kletterte kopfüber nach hinten. Raphael hielt sie zärtlich fest und begann sie zwischen den Beinen zu küssen. Gabriela legte ihr rechtes Bein über den Kopfteil des Vordersitzes, und Raphael konnte geschmeidig in die gleitfähige Enge eindringen.

Nun war aber Eile geboten, und ohne sexuelle Vorkommnisse nahmen sie mit dem BMW Fahrt auf. „Ciao, mein Hengst", verabschiedete sie sich und eilte davon. Raphael dachte in diesem Moment: „Irgendwie ist es schon schwer, so oft hin und her zu wechseln zwischen wahrer Liebe und der Sexliebe mit Gabriela!" Er wartete, ob sie sich noch einmal umdrehte, aber das blieb aus.

Die Kette mit diesem Anhänger, die er im Geldbeutel trug, wenn Gabriela mal für ein paar Tage erschien, zog er sich an und fuhr davon. Den Wagen hatte er, wie gewünscht, am Hauptbahnhof übergeben und schaute, wann er den Zug zurück nach Dormagen nehmen konnte. Aber er wollte noch einmal zu Gabrielas Zuhause fahren, einfach mal ausspannen und in Erinnerungen schwelgen. Es war ja noch früh am Tag. Im Weinort Saarburg, seiner Heimat, hatte er sich so wohl gefühlt. Mit Wolfgang redete er über früher. Er übersah, dass die Zeit rannte, Raphael merkte, dass sie sich verquatschten, Wolfgang und er, da entschied er besser über Nacht zu bleiben. Am nächsten Morgen, als er in Gabrielas ehemaligem Zimmer aufwachte, was ihn ziemlich unruhig hin und her wälzen ließ, duschte er schnell, trank noch einen Espresso mit Wolfgang und zog seine Lederjacke an. Er nahm seine zweite Maschine, die A eins, und war froh, als er am Ortschild Dormagen vorbeifuhr. Seine Zweitmaschine wollte er sowieso mal gründlich durchchecken. Daheim musste er, nach dem Besuch in Saarburg, irgendwie an Gabriela und die Kinder denken. „Ich rufe sie mal an und rede mit den Jungs und frage sie, wie es ihnen so geht." Aber da kam für ihn gerade nicht begreiflich vom Band: „Diese Nummer ist momentan nicht zu erreichen." Kurz versuchte er es einzuordnen, was da sei. Aber es wird sich klären, vielleicht hat sie ihre Nummer gewechselt oder so. Cousine Laura-Jane wird ihm ja gewiss die Nummer geben, um die Besuchszeiten zu regeln.

Kapitel 6

Währenddessen in München musste Gabriela die nächsten Tage mit ihrem, für sie immer fraglicher werdenden Edgar, auf Empfängen die feine Dame des Hauses an seiner Seite spielen. Warum und wieso es zwischen ihr und Edgar nicht mehr war wie früher, das hatte sie so hingenommen. Den besten Sex hatte sie ja mit dem Saarburger Junggesellen. Nur ob sich Edgar nebenbei etwas gönnte, bezweifelte sie aber. Sonst würde er sich ja mit einer neuen Liebe zeigen. Still ließ sie es so laufen, wie es lief. „Wenn der wüsste, der gute Mann", dachte Sabrina, die während der biederen Veranstaltungen mit dem Kopf woanders war. Nicht dass die Luft raus ging, nein, dazu war die kribbelnde Erotik zu intensiv, aber ihr jung gebliebener Liebhaber fühlte sich durch die Mischung aus Leidenschaft und Sex, Arbeit und Gewissen immer öfter matt.

Oh, sein kleiner Raphael (klein ist gut) verlor den Spaß nicht. Trotzdem trafen sich Raphael und Sabrina mittlerweile nur noch alle vierzehn Tage - es hatte sich festgefahren, nicht mehr und nicht weniger. Er mochte es nicht mehr, dass sie stets unverhofft dastand, auch wenn es ihn immer wieder wuschig machte. Ihr war es zwar zu wenig, aber was nicht sein sollte, sollte nicht sein. Die Stunden mit Raphael wollte sie auch nicht missen. Der Reiz von etwas Verbotenem machte beide stets heiß. Dafür war Sabrina bereit, alles zu geben, aber eben nur bei den spielerischen Stunden. Wie man sah, sagte sie nicht nein zu kleinen Hotel-Pagen, die ihr kurz das gaben, was sie so liebte: heißen Sex pur.

Raphael und sie trafen sich dazu im zweiwöchigen Rhythmus fast immer draußen in der Vorstadt von Köln, um 18 Uhr in der Pension „Zur alten Eiche". Sie war, nachdem sie Edgar um den orangefarbenen Ferrari angebettelt hatte und er seinen Geldbeutel öffnete, ja zügig unterwegs. Es war zwar nicht mehr so oft und lange, aber dafür regelmäßig und intensiv. Es war immer ein Vulkanausbruch, und diese Vertrautheit? Eins hatten sie nun beide gelernt, schließlich ging es schon fast zwei Jahre so. Liebe war nicht im Spiel, jedenfalls keine Liebe, die sich mit dem Herzen verbinden ließ. Erotische Explosionen, das hatte nie den Reiz verloren. Aber Raphael spürte immer öfter diese Sehnsucht nach dieser einen. Er dachte häufig daran, dass er eigentlich so gerne ein intaktes Familienleben wollte, wie damals mit seiner großen Liebe Gabriela. Es ging ihm nicht nur um Sex, Leidenschaft und Sabrinas geliebte Kehlkopfmassage. Doch versuchte er, dies als Träume, Sehnsüchte und Wunschdenken abzuhaken. Irgendwann müsste doch die Liebe eintrudeln, bei Sabrina wohl bisher nicht.

Sabrina feuerte sein Dasein mit ihren gemeinsamen olympiareifen Liebesverrenkungen mehr als an. Was sich da im Herzen so versteckt, tut, stand auf einem anderen Blatt. Aber so wenig er von Sabrinas Mann wissen sollte, so wenig wusste sie von Gabriela, nur dass er eben Zeit ein, Zeit aus, seine Kinder Felix und Lukas in Santa Monica besuchte. Gabrielas Freund, der Amerikaner Brian, war stets auf Montage, so schien es, und sie war oft allein. Er verstand sich zunehmend wieder mit der Mama seiner Kinder.

So dass er sich ertappte, wenn er im Flieger saß und nicht gerade eine Stewardess auf der viel zu engen Bordtoilette zum Quietschen brachte, das angefangene Lied für Gabriela las. Raphael fand immer öfter, dass er die offensichtlichen Gefühle zu Gabriela verdrängte, indem er hauptsächlich seine schwarzhaarige Diva heute noch in der alten Eiche bis zum Anschlag mit voller Begierde beglückte, so dass sie schrie und flehte, dass er seinen Tsunami in ihren Körper schleuderte. Ja, Sabrina und die Lust Tausender loderner Flammen im Inneren ihrer verschmolzenen Körper waren irgendwie noch nicht wegzudenken. Wenn sie sich immer wieder liebten und in dem Sex, schwindelig vor der Ekstase in Lust aufeinander vergingen, bei jedem Orgasmus Regenbogen tanzten, waren Sabrina und Raphael eins. Wie bei dem letzten ihrer Treffen vergaßen sie alles um sich in dieser einen Nacht; schon lange fragte er nicht mehr Sabrina.

„Wie Du sieben Tage lebst, wem du Sex mal mit Sex denn sechsten Sinn verdrehst, es soll mich nicht blenden. Hier und jetzt, das ist unser Moment." Sie liebten und lebten den irrationalen Kollaps. Es war Wahnsinn, wie sie den Wahnsinn immer wieder spürten, auf ihrer Liebeswiese in ihrem Liebesnest „Zur alten Eiche", hier das runde Himmelbett, das viel mitmachte. Sie verloren wie jede heimliche Nacht Körperflüssigkeiten und fühlten diese Detonationen auf der Haut. Raphael flüsterte ihr jedes Mal nach seiner Explosion zwischen ihren Lippen zu: „Gabriela, die Zeit ist bald abgelaufen, Sabrina, du musst gehen." Sie gaben sich dann noch einen feurigen Kuss und mussten wieder einmal voneinander lassen. In zwei Wochen würden sie sich wieder berühren, der Zauber dieser Nacht würde beide aufs Neue verführen. Gegen 18 Uhr, draußen vor der Stadt in der Pension „Zur alten Eiche". Mal schauen, wie lange dieses Liebesfeuer noch brannte. Ob sich was in seiner Gefühlswelt drehte? Eigentlich wäre jetzt ein Besuch seiner Kinder, die mit tiefster Liebe und Leidenschaft mit Gabriela gezeugt wurden, dran, doch musste er Laura-Jane erst mal treffen, um herauszufinden, was mit ihrer Nummer war!

Einfach auf gut Glück nach Santa Monica zu fliegen, war ihm zu ungewiss. So machte er sich etwas ausgepowert auf den Weg zu seinem Domizil in Dormagen. Die nächsten Wochen stand seine Werkstatt im Vordergrund, diesmal ohne die üblichen Sex-Unterbrechungen, die dank Gabrielas Auftauchen sehr oft sehr heiß waren. Arbeit sollte seine wirren Gedanken zwischen Liebe und Leidenschaft etwas in den Hintergrund drängen. Versuchte er zumindest!

Eigentlich sollte der Mercedes heute vom Fahrer des Bürgermeisters abgeholt werden!

„Guten Tag, junge Frau, kann ich Ihnen helfen?", sprach Raphael die Frau an, die in die Halle kam.

Schüchtern antwortete sie: „Hi, ist dein Chef da? Ich bin die Tochter von Herrn Braun, dem Bürgermeister. Ich soll für meinen Papa den Amts-Mercedes abholen, unser Fahrer liegt flach." Raphael kicherte: „Ja, okay, schöne Frau, das geht in Ordnung, aber der Chef bin ich, hahaha." Das junge Ding wurde rot. Das wiederum gefiel ihm, und er bot ihr einen Kaffee an und überreichte ihr die Wagenschlüssel und Papiere. Weiß jemand, wie die Tochter wohl aussieht? Genau, schwarze Haare, zierlich gebaut und klein.

Da waren Raphaels drei Probleme wieder. Susanne, so war der Name der höchstens fünfundzwanzigjährigen, wollte eigentlich schnell die Schlüssel nehmen und aus der Situation. Raphael machte sie nervös und sein Aussehen war irgendwie magisch, jedenfalls wirkte das so auf Susanne. Sie sagte: „Nein danke, aber ich muss zur Uni."

Die Arme war in einer Ölpfütze gestolpert und ihm in die Arme gefallen. Nun war sie erst recht verdutzt. Sie roch den kalten Schweiß von Raphaels Brust, und seine Männlichkeit zog sie irgendwie an. Er konnte dieser Unschuld einfach nicht widerstehen. Langsam näherte er sich ihr und berührte ganz zart und sanft ihre zitternden Lippen. Zwar sagte sie: „Nein, nein, was machst du?", aber gleichzeitig ließ sie sich ganz tief und voller Hingabe auf die Küsse ein.

Sie öffneten ihre Münder und spielten mit ihren Zungen, umschlungen sich eng und zogen sich in den Werkzeugschuppen zurück. Susanne nahm seine Hand und führte sie in ihren BH, damit Raphael ihre Brust in aller Schönheit berühren konnte.

Er fühlte sich wie ein Teenager, der sich das erste Mal dem weiblichen Geschlecht nähert. Behutsam glitt seine Zunge über Susannes Körper, in Richtung ihres Lava spuckenden Vulkans. Sie zitterte und wollte Raphael in keiner Weise loslassen. In Zeitlupe zog er Zentimeter für Zentimeter ihren Slip aus und streichelte sie liebevoll, da, wo sie nach dieser süßen Fraulichkeit roch, bis ihr leises Wimmern lauter und fordernder wurde.

Susanne war nicht die unschuldige Jungfrau, Sie hatte ihren Freund gehabt und wusste, wie schön es sein konnte. Doch die Explosionen seiner Zärtlichkeit, die hier in der Werkstatt über sie hereinbrachen, konnten süchtig machen. Schüchternheit? Das war bei ihr in diesem Moment nicht mehr real.

Sie genoss es, wie Raphael endlich in ihren warmen, nach seiner Männlichkeit verlangenden Körper eindrang. Auch nachdem sie beide die Ekstase erreicht hatten, blieben sie vereint liegen und betrachteten sich eine Weile an. Keiner von beiden bereute auch nur eine Minute von dem Geschehenen. Susanne fuhr mit dem Amts-Mercedes des Hofes fort, und es war einfach eine schöne Begegnung. Der Tag war eigentlich nicht so geplant gewesen. Sie wollte ihrem Vater einen Gefallen tun, seinen Wagen vom Rathausplatz abholen und dann zur Uni gehen.

Raphael genoss seine Ruhe und fuhr mit dem Motorrad durch die Gegend, nachdem er sich ein paar Tage erlaubt hatte, seine Werkstatt zu schließen. Er verweilte zwar in der Ortskneipe, wo er oft Zeit verbrachte, trank jedoch nur eine Cola und spielte Billard, während er über dies und das nachdachte.

Ein Treffen mit Sabrina hatte er draußen vor der Stadt in der alten Eiche. Es war einfach Sex und Leidenschaft, und er war voll und ganz bei ihr in diesem schönen Moment. Doch nachdem die kurze Zeit vorbei war, was dann? Raphael bemerkte immer stärker, wie die Gedanken an Gabriela ihn durchdrangen, egal wie heiß das Treffen mit Sabrina auch war. Er konnte immer gut unterscheiden, was Sex und was Liebe war.

Am Samstag besuchte er die Motorradmesse in Dortmund, was auch mal etwas anderes war. Als er abends nach dem Solarium auf der Couch saß, klingelte es. Raphael lächelte, als er sah, wer sich auf seinem Smartphone meldete:

„Hallo Petra, wo warst du verschollen?"

„Und du, wo warst du denn? Ich konnte dich eine ganze Weile nicht erreichen. Ist alles gut bei dir?"

„Ja, bei mir ist alles in Ordnung. Ich war mit meinem Verlobten und Chef zwei Monate in London, herrlich, kann ich dir sagen. Er hatte dort einen großartigen Auftrag für ein großes Fotoshooting bekommen."

„Aber Raphael, wie ist es dir ergangen? Treffen wir uns? Ich bin morgen in Köln."

„Natürlich, meine Liebe. Morgen gegen Zehn im Plauderkessel am Deutzer Bahnhof, Petra."

„Dann ist es ausgemacht bis morgen", freute sie sich.

Nachdem er sich einen gemütlichen TV-Abend gemacht hatte und spät, aber friedlich in seiner Grübelei eingeschlafen war, dauerte es nicht lange, bis sein alter rostiger Wecker wieder rappelte - ein kleines Geschenk von Gabriela aus seiner Ausbildungszeit in Saarburg.

Frisch geduscht setzte er sich wie Gott ihn schuf an seinen Küchentisch und trank seinen morgendlichen Espresso. Im Radio lief ein Lied, das ihn etwas träumen ließ. „Ein Stern, der deinen Namen trägt", dachte er, „das waren romantische Zeiten."

„Nun muss ich mich aber sputen." Raphael verdeckte seine Männlichkeit mit seinen Tiger-Boxershorts und schlüpfte in sein hautenges T-Shirt, das seinen athletischen Oberkörper betonte. Schnell schlüpfte er in seine Motorradkluft und machte sich auf den Weg nach Deutz.

Er parkte seine schwere Kawasaki neben dem Taxistand und ging zu den Gleisen. Raphael konnte Petra's Löwenmähne schon von weitem erkennen, unverwechselbar. Er machte sich sofort bemerkbar: „Petra, endlich sehen wir uns mal wieder, hier drüben!"

Man konnte ihm wirklich ansehen, wie sehr er sich freute, seine beste Freundin wiederzusehen. Petra rannte ihm in die Arme und drückte ihren Raphael. „Gut siehst du aus, mein Lieber."

„Das gebe ich gerne zurück. Komm, lass uns erst mal rüber in den Plauderkessel gehen." Er rollte ihren roten Rollkoffer neben sich her über die Straße und ging mit Petra in den alten bekannten Plauderkessel, einer Eck-Kneipe am Köln Deutzer Bahnhof.

„Jakob, bring uns bitte zweimal das ausführliche Frühstück", bestellte er bei der Bedienung.

Als sie es sich gemütlich machten, fing Petra an: „Ja, berichte Raphael, was gibt es Neues aus Dormagen? Wie ist es dir so ergangen? Wir hatten ja stets kurz am Handy gehalten. Wie geht es deiner Sabrina? Seid ihr irgendwie fest zusammen oder geht dein Leben in eine andere Richtung? Ist Gabriela immer noch deine Nummer eins?"

„Nun, viel Neues gibt es diesbezüglich nicht wirklich. Wie immer war ich regelmäßig in Santa Monica bei Gabriela, habe die Kinder besucht, und es war wie immer anstrengend, zwischen Gabrielas heißen Sex-Treffen, die sich irgendwie eingefahren haben, und ja, Gabriela eben. Kein Plan. Einmal war ich wohl einen Tag zu früh und musste warten", sagte er mit einem versteckten Grinsen, das Petra neugierig machte. „He, los, warum so schweigsam? Muss ich dir alles aus der Nase ziehen?", lachte sie.

Raphael erzählte amüsiert weiter, dass es zwar nicht geplant war, aber als die Kinder gerade in Los Angeles bei der Nachbarin Jana übernachteten - wegen eines Sturms und so weiter - und Brian mehr weg war als bei Gabriela, habe sich plötzlich eine gewisse Anziehungskraft in der Luft breitgemacht.

„Ja, und dann sind Gabriela und ich irgendwie in der Kiste gelandet, und eine angenehme Gefühlswelle kam wieder hoch. Wir hatten..." „Gut, gut", unterbrach ihn Petra. „So genau wollte ich jetzt doch nicht wissen. Wie ging es dann weiter, Raphael? Wie seid ihr verblieben? Geht da noch was?"

Etwas betrübt antwortete er: „Nein, Petra, wohl

eher nichts. Das war wohl so eine gegenseitige Begierde aus der Situation heraus. Es war schön, und glaube mir, wir hatten eine Nacht. Aber sie teilte mir mit, dass es das auch gewesen war."

„Oh, das tut mir leid für dich, wo ich doch weiß, wie deine Gefühlswelt aussieht."

Schon wieder lachend teilte er ihr mit, dass seine Werkstatt gut laufe und hier und da diese kleinen Geschichten passieren. „Ja, der Raphael und seine Verdrängungskünste", kicherte Petra. Sie musste natürlich auch aus ihrem Nähkästchen erzählen. „Lass mal hören, Petra, was hast du getrieben und mit wem, hahaha. Wie bist du eigentlich in die Werbeagentur gerutscht? Du sagtest, der Chef stolperte in dein Schlafzimmer?"

Sie gab lächelnd Antwort: „Wie du weißt, war ich unterwegs, um etwas meine Mitte zu finden, Raphael. Du wieder, nein, ich wollte wissen, wo ich hinwill. Und bei einem Besuch im Internetcafé sah ich diese Anzeige, dass da eine Frau für ein Fotoshooting gesucht wird. Natürlich, blonde Haare und so richtig mit Löwenmähne. Kurzum, ich meldete mich daraufhin in Hamburg und saß dann im Büro von Justus." Raphael fragte: „Dein Justus?" „Richtig, Justus von Schleck, sein voller Name." Sie schauten sich an, Petra und Raphael, und mussten herzhaft lachen. „Ja, okay, mein Justus hat einen speziellen Namen."

Ihr Freund hinterfragte dann: „Gibt es da nicht eine Geschichte zu dem 'Ins-Schlafzimmer-Stolpern'? Ich bin wirklich nicht neugierig." Petra war nicht so die Erzählerin, aber sie bemühte sich.

„Also, es war ebenso, da im Büro, ich gleich Eindruck machte, weil ich nach seinem Hereintreten und Vorstellen loskichern musste, und das war mir ziemlich peinlich. Er wird mich nun für ungeeignet aus dem Büro werfen, dachte ich nur. Doch Justus sagte: 'Junge Frau, wie war Ihr Name? Petra Offen, wie ich hier lesen kann?' Das brachte ihn zum Schmunzeln. 'Du weißt, Raphael, mit dem Familiennamen gehe ich nicht hausieren', und ich sagte kleinlaut zu ihm: 'Okay, eins zu eins; ich darf Ihnen einen heißen Kaffee machen, und wir fangen nochmal von vorne an. Also, Frau Offen, zumindest müssen Sie mich begleiten zum Mittagstisch in der Kantine. Da fordere ich Sie mal ganz nett auf, für was bin ich Ihr Chef?' 'Wie, mein Chef?'„

Ich sagte nur: „Nochmal, wie mein Chef? Habe ich was verpasst?" Justus war ganz ruhig: „Wollen Sie den Job oder nicht? Sie schauen sehr charmant aus und für dieses Fotoshooting mehr als ideal." Ich war baff und bin mit Justus dann auch in diese Kantine gegangen. Lach nicht, er war echt ein Blickfang in seinem Anzug und seine Ausstrahlung." Petra kam bei der Erzählung von diesem Tag ins Schwärmen. Sie fuhr fort: „Das Mittagessen war nicht mehr das Interessanteste in der mittlerweile leeren Kantine, mein Fuß suchte sich den Weg unter dem Tisch. Ich kann dir gar nicht erklären, was da in mir vorging. 'Ups, nun ist mir mein Knödel runtergeflutscht, Herr Schleck, wie unachtsam', habe ich zu Justus gesagt. Unter dem Tisch ist mehr als nur der Knödel geflutscht. Wir landeten natürlich eine halbe Stunde später im Hotel und sind dort auch sehr lange geblieben, Raphael. Aber nun lass uns eine Partie Billard spielen, sonst gehen mir die Momente nicht aus dem Kopf und machen mich wuschig." Er war erstaunt, dass es Petra so erwischt hatte. Während ihr bester Freund die Kugeln und den Tisch für das Spiel vorbereitete, vertiefte Petra ihre Gedanken in die heiße Phase mit ihrem heutigen Justus, oder Ed von Schleck, wie sie ihn nannte.

Sie dachte daran, wie sie versuchte, unter dem Tisch den Knödel aufzuheben, aber dermaßen abgelenkt war von der großen Beule, die sie da unter der enganliegenden Anzughose sah. Justus drohte, dass ihm die schöne Hose platzt. „Das kann ich meinem Chefchen nicht antun", dachte sie und befreite seine standhafte Männlichkeit mit flotten Lippen. Sie machte den armen Herrn Schleck wehrlos und saugte rauf und runter, immer wieder. „Petra, Petra, wo bist du? Hallo?" „Wo soll ich sein, Raphael? Spielen wir jetzt?" versuchte sie, sich wieder auf das Hier und Jetzt zu konzentrieren! „Moment", sagte Raphael, „ich muss kurz mit der Werkstatt telefonieren, bin gleich wieder da. Bestell uns noch einen Kaffee." Und ging vor die Kneipe!

Sie konnte nicht anders, ihre Gedanken waren in der Kennenlernphase mit Justus, den sie nun eine Weile ihren Verlobten nennen konnte und sehr glücklich darüber war. Doch was die beiden, Petra und Justus, sich da gegeben haben und ihre Körper brennen ließen, das war eben unvergesslich. Deswegen sah sie vor ihren Augen immer wieder diese Momente der Leidenschaft, wie Justus sie auszog, und das Gespiele von der Kantine weiterlief. Petra dachte und sah nicht nur, sie fühlte es, als wäre sie genau jetzt in seinen Armen und spürte den Reihen Orgasmus, der in ihr zu einer nie dagewesenen Explosion führte. Justus machte seinem Namen von Schleck alle Ehre, Petra verlor sich in seinen Händen, und wenn er sie mit seinem Mund und dem Bart an ihren Schamlippen berührte, winselte sie danach, dass er sie voll und ganz ausfüllte.

Längst war Petra nass und erregt, und es war für Herrn von Schleck ein Leichtes, in die glühende Mitte ihrer nicht aufzuhaltenden Begierde einzudringen. Und sie genoss es in vollen Zügen. Als sie Justus gerade im schönsten Gedanken ihren knackigen Körper zugewandt hatte, um richtig tief genommen zu werden, holte Raphael sie aus ihren feuchten Tagträumereien, die sie fertig denken und fühlen wollte. „Können wir jetzt spielen?" Petra beschwerte sich lachend, dass er nicht noch weiter telefonierte, und sie sah ziemlich enttäuscht aus, stellte der KFZ-Meister fest.

„Lass uns jetzt ein paar Kugeln schieben. Ich weiß ja nicht, wo du eben warst, aber man sieht deinem Gesicht und der leicht roten Farbe an, in welcher Situation du warst. Haha, stoßen wir nun!" Petra sagte verschämt: „He, was unterstellst du mir? Gerade so, als ob ich mich nicht beherrschen kann. Ich heiße nicht Raphael." Die beiden konnten es vorbildlich trennen: Freundschaft und das Schönere, das sich zwischen Mann und Frau abspielen kann, war auch nie ein Thema. Schließlich kannten sie sich schon ewig und drei Tage! Auch wenn sie sich mal länger nicht sahen, erzählten sie sich gegenseitig alles. Und Raphael war heilfroh, dass es nie mehr wurde zwischen ihnen, da er sie nicht hätte verlieren wollen, obwohl sie ja ein heißer Feger war. Aber sie verstand schon immer seine tiefe, immer wieder aufflammende Liebe zu Gabriela, wo sie immer mit ihm gelitten hatte, wenn es mal wieder sehr weh tat in seiner Gefühlswelt. Nachdem sie zwei, drei Partien Billard spielten, sich aber wieder verquatschten, gingen sie an ihren Platz.

Jakob brachte ihnen eine rote Flasche Wein, die passend zur Situation aus Saarburg kam, und sie führten ihren Plausch entspannt weiter. Raphael wurde von Petra aufgeklärt, wie es sich so ergab nach ihren Kantinenspielereien und dem Job bei dem Fotoshooting. Sie sagte: „Ja, mein Lieber, ich habe nicht so ein Trennungsvermögen zwischen Sex und Liebe wie du. Für mich gehört das zusammen, und das eine geht ohne das andere eigentlich nicht.“

Er unterbrach sie: „Aber hallo, du weißt genau, wie ich ticke und denke, auch wenn ich noch so viel Sex mit Sabrina habe und die feuchten Momente mit den Frauen, die so in meine Arme stolpern. Ich sehne mich, das weißt du genau, nach meiner Gabriela und meinen Kindern. Es ist eine Zeit, wo das Verdrängen mit Affären und Sex hier und da nicht mehr so funktioniert und mich eher trauriger macht. Vergessen, Petra?“

„Ich weiß, dass du dich nicht hundertprozentig darauf einlassen kannst, beziehungsweise dass deine Gefühle immer wieder zum Vorschein kommen. Jo, hätte mir gewünscht, dass das mit Gabriela etwas Ernstes geworden wäre. Aber die sucht ja anscheinend auch nur die Erfüllung ihrer sexuellen Phantasien. Aber du findest den richtigen Weg. Klar, wenn du dein Fleisch und Blut besuchst und jedes Mal Gabriela siehst, kommt das alles wieder hoch. Aber lass uns über was Erfreuliches reden, ok?"

Sie sprach damit die kommenden Monate an, in denen sie Raphael gebeten hatte, ihr Trauzeuge zu werden, weil Justus um ihre Hand angehalten hatte, und er natürlich gerne zustimmte. Petra erzählte von dem kurzen Weg vom Vorstellungsgespräch bei der Werbefirma von Schleck bis hin zum romantischen Antrag in London.

„Raphael, ich habe auf dem Weg zu mir den Richtigen gefunden, sorry. Justus ist eben nicht nur mein Chef geworden, und das werde ich auch weiterhin machen, wenn ich als von Schleck durch die Welt reise und Bilder mache, Videos drehe. Du weißt, das ist mein Ding."

Er grinste: „So, so, dein Ding. Der muss es ja richtig drauf haben, dass du es in jeder Konversation erwähnst." „Och, du unverbesserlicher Stichler, wenn du etwas nicht verlernt hast, dann das. Freue dich mit mir, dass ich mein Gegenstück in Justus gefunden habe. Das wird bei dir auch so sein, und das Schicksal hat für jeden etwas vorgesehen, auch für dich, Raphael. Anfangs hat er immer gefragt, wer du bist und warum wir so oft telefonierten. Ich habe ihm gesagt: 'Raphael ist mein bester Freund, und Justus, du wirst ihn kennenlernen, denn kein anderer soll mein Trauzeuge sein."

Raphael bemerkte, dass schon etwas Zeit vergangen war. „Petra, ich hoffe, du nächtigst nicht in einem teuren Hotelzimmer. Selbstverständlich kannst du mit mir nach Dormagen kommen." Sie hatte eigentlich im Kaisers Hotel an der Domplatte reserviert, aber sie hatte es verschwitzt. „Wenn es okay ist, nehme ich dein Angebot gerne an, Raphael. Ich muss zwar morgen pünktlich die Maschine nach London nehmen, aber erst gegen vier Uhr nachmittags."

„Dann, Petra, machen wir es doch so", schlug Raphael vor. „Wir lassen uns das Mittagsmenü bringen, fahren anschließend mit dem Taxi nach Dormagen. Laura-Jane wird sich auch freuen, dich wiederzusehen, und morgen bringe ich dich zum Flughafen Köln/Bonn. Die Maschine stelle ich auf den Hof vom Plauderkessel."

So setzten die beiden ihren Plan um, und nach einem guten Teller Rinderbraten mit Knödel und Rotkraut machten sie sich auf den Weg an die Gleise, um einen schönen Tag zu verbringen. „Liebe ist etwas Wunderbares, aber eine tiefe Freundschaft, die ist ewig und wertvoll", dachte sich Raphael. Laura-Jane, Raphael und Petra verbrachten einen Nachmittag zusammen und tauschten viele Erinnerungen aus. Von Laura-Jane erfuhr er, dass Gabriela mit Brian und den Kindern einen Monat in Paris verbracht hatte, unter anderem natürlich im Disneyland. Ihre Telefonnummer hatte er sich aufgeschrieben, um bald wieder in die USA zu fliegen, um nach Santa Monica zu seinen Kindern zu kommen. Als Laura-Jane gegangen war und sie sich noch über die anstehende Hochzeit unterhielten, war es spät geworden. Raphael schlug vor, vor dem Einschlafen kurz durch das Neubaugebiet an den Rhein zu laufen. „Kann nicht schaden", sagte Petra, und sie bewunderten den Sonnenuntergang. Raphael musste an Gabriela denken, was Petra nicht entging, denn er schaute lächelnd und sehnsuchtsvoll zugleich. Er dachte an seine Affäre Sabrina beim Sonnenuntergang und auch daran, wie die Nacht mit Gabriela in Santa Monica unter dem Schein der untergehenden Sonne begonnen hatte. „Wie war das mit Tagesträumereien? Hallo, wo bist du, Erde an Raphael", unterbrach sie seine Abwesenheit.

Er begann: „Ich liebe die Stille des Wassers, sie inspiriert verborgene Sehnsüchte, weißt du? Anfangs, als ich mich oft mit Sabrina traf und wir uns der Leidenschaft hingaben, stand sie gebückt auf dem Balkon hoch über den Dächern von Köln. Ich musste ihr den Mund zuhalten, damit sie ihre Lust nicht in den untergehenden Sonnen schrie. Und wie das Herz den Abend widerspiegelt, als die Kinder nicht da waren wegen eines Sturms in Los Angeles und der Bruder von John, Brian, der mir meine Gabriela nahm, auch unheimlich zärtlich und lustvoll unter diesem Sonnenuntergang war. Ach, das ganze Hin und Her, ich will wieder ankommen, hier oder da."

Petra wurde das alles sehr nahegebracht. Sie hatte ein schlechtes Gewissen, ihm vorzuspielen, dass sie die glückliche, verliebte Freundin sei, die das große Glück gefunden hatte. Sie nahm ihren besten Freund

Raphael in den Arm, gab ihm einen freundschaftlichen Kuss auf die Wange und schenkte ihm einen Moment Geborgenheit, den er in den vielen Liebesabenteuern vermisste, außer der Nähe zu seiner Gabriela.

Er selbst wusste nicht mehr, wie viele rein körperliche Stunden und Spaßsituationen er erlebt hatte, geschweige denn wie viele. Es fing schon in Helmut's Werkstatt in der Ausbildung an, wo er den meisten verheirateten Frauen das gab, was sie zu Hause nicht mehr fanden. Dass er sich dabei heimlich immer mehr verliebte, hatte er zu spät bemerkt. Irgendwie hatte Raphael den Ruf, dass er nichts anbrennen ließ. Nun hatten sie eine Familie, doch das Schicksal riss sie schmerzlich auseinander.

Er sagte: „Petra, ich fühle mich manchmal wie eine Fernbedienung, die sich so durch das Programm switcht. Komm, lass uns rübergehen."

Er wollte einerseits Petra nicht mehr aus dem Arm lassen, weil es ihm guttat. Doch wie Laura-Jane war auch sie der Meinung, dass das, was zusammen gehört, auch zusammenkommt, auch wenn es mal andere Wege geht. Er solle einfach vertrauen und sich dem Schicksal beugen. Leichte Worte.

Petra und Raphael hatten es sich noch vor dem Fernseher gemütlich gemacht. „Sei mir nicht böse, ich bin total erschöpft und lege mich hin. Ich habe den Tag mit dir genossen. Du bist ein unheimlich lieber Mensch, und wir kriegen das alles hin," sagte sie, während sie ihn knuddelte und ihm gleichzeitig leidtat.

Raphael richtete sich seinen Schlafplatz auf der Couch ein und lag weiter grübelnd da. Nachdem sie mit Justus getextet hatte und er wohl von London nach Dubai flog und erst zwei Tage nach ihr wieder in London ankam, nahm sie das so hin. Justus wünschte ihr eine gute Nacht und fragte, ob sie sich ein gemütliches Zimmer im Hotel genommen hatte.

„Ja, natürlich," log sie, denn sie wollte nicht unbedingt erwähnen, dass sie bei Raphael schlief, bevor die beiden sich überhaupt kennengelernt hatten. Sie wusste nicht, wie Justus darauf reagieren würde. Von daher passte es schon.

„Raphael, schläfst du schon?" flüsterte sie leise.

Da keine Antwort kam, schlich sie sich vorsichtig aus dem Zimmer, um ins Bad zu gehen. Als sie zurückkam, sah sie, dass Raphael wach war und an die Decke starrte. Er schien keineswegs im Land der Träume zu sein.

„Du bist ja doch wach," sagte sie leise. „Ich kann nicht schlafen, mir gehen so viele Dinge durch den Kopf," gestand er und schaltete die Wandleuchte ein.

Petra stand nur in ihrer blauen Bluse neben der Couch, die kaum ihren getigerten Tanga verdeckte. Raphael war überrascht und sagte: „Wow, Petra."

Ertappt entschuldigte sie sich: „Sorry, ich dachte, du schläfst."

Raphael teilte ihr mit, dass ihn einige Gedankenfetzen nicht zur Ruhe kommen ließen. Sie ging ins Bad und dachte nicht weiter darüber nach, dass sie so wenig anhatte. Sie setzte sich und beruhigte ihr Gewissen damit, dass sie sich schließlich schon ewig kannten. Petra war etwas perplex, weil auch Raphael nur mit seinen engen Boxershorts bekleidet war. Was ging da nur in ihrem Kopf vor?

Raphael war von dem Anblick der knapp bekleideten Petra etwas nervös geworden. Schnell lenkte er seine Gedanken auf seine Werkstatt und die anstehenden Arbeiten, um das Kopfkino zu durchbrechen. „Hey, werde klar, das ist Petra," ermahnte er sich selbst und tätschelte sein Gesicht.

Als die Badezimmertür knarrte, drehte er sich um und zog die Decke weit über seine Augen. Petra sagte: „Raphael, gute Nacht, ich weiß, dass du noch nicht schläfst. Ich war nur drei Minuten im Badezimmer!" Doch er gab keinen Ton von sich. Sie zog ihm die Decke über die Füße, wobei sie seine Beule etwas freilegte, und verschwand schnell im Schlafzimmer.

Petra versuchte Justus anzuschreiben, bekam aber keine Antwort. Nun war sie diejenige, die nicht schlafen konnte. Auf der Couch rekelte sich Raphael hin und her und ärgerte sich darüber, dass er jedes Mal, wenn er die Augen schloss, Petras knappe Tangas vor sich sah. Frustriert tippte er eine Nachricht an Sabrina: „Liebe Sabrina, wie geht es dir gerade? Ich vermisse dich hier und würde gerne deinen Körper ganz nah bei mir spüren. Wo bist du? Was machst du, liebe Sabrina?"

Er schaltete genervt das Handy aus. Doch dann ertönte Petras Stimme in die knisternde Atmosphäre des Raumes: „Raphael, zieh deine heißen Boxershorts hoch und komm her. Ich beiße dich nicht. Lass uns quatschen, wer weiß, wann wir uns wieder so treffen. Komm jetzt!"

Das brauchte er nicht zweimal zu hören. Er zog sich

schnell eine Jogginghose über und betrat ihr Zimmer, leicht verlegen grinsend. Als sie seine Hosen sah, fragte sie: „Ist dir plötzlich kalt geworden oder möchtest du rausgehen?"

Sie redeten noch eine Weile über alles, was sie schon durchgemacht hatten, sowohl die guten als auch die schlechten Zeiten. Sie erinnerten sich an ihre Zeit in Saarburg und an die Jahre, die vergangen waren. Doch langsam wurden ihre Augen müde, und sie legten sich nebeneinander hin, erschöpft und still. Raphael war leise und starrte ins Leere, was Petra bemerkte.

„Kannst du immer noch nicht schlafen?" fragte sie ihn. „Du wirst sehen, es kommt eine bessere Zeit, und die Richtige wirst du auch bald an deiner Seite haben."

„Gottes Wort in deinen Ohren," erwiderte er. „Petra, was habe ich nur falsch gemacht?" fragte er sie plötzlich.

Sie kuschelte sich an ihn und antwortete: „Lass uns schlafen und zur Ruhe kommen." Es tat ihm gut, einfach in den Arm genommen zu werden.

„Ich bin so froh, dass wir uns damals kennengelernt haben und eine Freundschaft entwickelt haben, auf die wir stolz sein können," flüsterte er leise. Petra bestätigte das: „Ja, aus uns ist etwas Tiefes und Inniges entstanden. Wir konnten bisher über alles reden und haben nie die Grenze zwischen Freundschaft und körperlicher Liebe überschritten. Ich bin dir dankbar für viele schöne Momente und für dein ehrliches Wort, egal in welcher Situation."

Eigentlich waren sie sich schon zu nahe, und es schien, als würden die beiden nervös werden.

Plötzlich streichelten sie sich gegenseitig übers Gesicht, und das führte dazu, dass sie sich annäherten, irgendwie gegen ihren Willen.

Bevor ihre Lippen sich berührten, spürten sie eine unerklärliche Elektrizität zwischen sich. In diesem Moment, als sie sich zu einem Kuss hinreißen ließen, ob aus Mitleid, Trost oder einfach nur Sehnsucht, brachen sie plötzlich in Gelächter aus.

„Was machen wir da?" bemerkte Raphael zwischen den Lachanfällen. „Ist Vollmond? Du, ich, wir zusammen? Das ist etwas, was gar nicht geht."

Sie konnten nicht aufhören zu lachen, amüsiert über die absurde Situation, die sie fast übermannt hätte.

„Was ist denn passiert?", sagte Petra. „Wir haben zu viel guten Wein aus unserer Heimat getrunken, und ich war bei Justus, während du Gabriela in deinen Armen herbeigesehnt hast."

Die beiden haben nach den lustigen Minuten harmlos aneinander gekuschelt und drei Stunden geschlafen. Nicht miteinander geschlafen, wie es beinahe schon so aussah, sondern in ihrer Freundschaft vertraut.

Kapitel 7

Mittlerweile war es schon sieben Uhr, und Raphael sorgte dafür, dass es nach Kaffee roch. Er kam aus der Dusche und brachte Petra, wie nach einer großartigen Nacht üblich, das Frühstück ans Bett – in diesem Fall an seins!

Natürlich war es eine lustige Situation, die sie etwas aus der Bahn warf, aber die beiden sind so lange befreundet, dass sie das nicht mehr thematisierten. Zum Mittagessen waren sie bei Laura-Jane und sahen sich Fotoalben aus ihrer Jugend an. Trotzdem machten sie sich um fünfzehn Uhr auf den Weg zum Flughafen Köln/Bonn! Raphael versprach ihr auf dem Rückflug von Santa Monica einen Umweg über London, wo die beiden wohl noch einige Monate mit ihren Fotoshootings zu tun hatten und im Hyatt-Hotel wohnten.

„Küsschen links, Küsschen rechts, und wir telefonieren, Raphael", verabschiedete sie sich und ging durch die Gangway zum Flugzeug.

Er dachte sich: „Wie schön waren diese Stunden mit Petra, das hatte mich wieder etwas zurechtgerückt." Von Dormagen aus fuhr er drei Tage später mit dem Jeep in die alte Heimat. Wolfgang bat ihn in Saarburg um etwas Hilfe. Er freute sich auf die bekannten Gesichter und das einfache Ausspannen! Mal ganz abgesehen von dem leckeren Kuchen. Onkel Oliver müsste ja auch da sein, den hatte er schon lange nicht gesehen. Manchmal glaubte er scherzhaft: „Irgendwie glaube ich, Oliver hat irgendwo in Süddeutschland eine Freundin, haha, oder gar Sabrina kennengelernt in München, wenn er dauernd da oben auf Tour ist."

Er raste mit seinem alten Jeep zur Raststätte Hochwald-West an der A1! Ein kurzer Stopp, um die Beine zu vertreten und sich einen ordentlichen Kaffee zu gönnen. Nicht was ihr denkt. Den Tank seines Wagens füllte er mit Diesel. Nachdem er seinen Kaffee genossen und sich gestreckt hatte, stieg er wieder ein. Blinker an und ab auf die Autobahn. Bis zur Ausfahrt Nonnweiler hatte Raphael nicht mehr weit (dem Ort vor Saarburg). Er musste lachen, als er an das Treffen mit Petra dachte.

„Es war wirklich schön, sie mal wiederzusehen", dachte er. Doch die beinahe entstandene Situation für eine nächtliche Romanze war glücklicherweise unterbunden worden. Das wäre nicht gut gewesen und hätte möglicherweise die Freundschaft gefährdet. So war es besser für beide, und auch für die bevorstehende Hochzeit mit Justus wäre das nicht ideal gewesen. Im Treppenhaus der Schiller-Allee roch es nach Kaffee und Kuchen. Oliver öffnete die Tür. Raphael war überrascht: „Du bist ja mal wieder zu Hause, das freut mich aber, Onkel!"

Oliver war nur fünf Jahre älter als er.

„Ja, Raphael, ich musste arbeiten. Die Staubsauger verkaufen sich leider nicht von allein. Komm rein in die gute Stube." Wolfgang und Oliver freuten sich, dass Raphael hereinschneite. Nach dem Kuchen und ein paar Kaffees mit Schuss gingen sie hoch und begannen, den Speicher auszuräumen, was sie den Nachmittag über tun wollten.

Es hatte sich einiges angesammelt, und Wolfgang überprüfte sorgfältig, was sie in den Container werfen würden. Es gab viele Erinnerungen aus alten Zeiten des Weinlesens.

Sie hatten viel Spaß dabei, und bei einem Schlückchen Riesling ließen sie Erinnerungen Revue passieren. Wolfgang saß im alten Ohrensessel, der dort stand. Er war nicht mehr der Jüngste. Irgendetwas machte Raphael nachdenklich. Mit einem lachenden und einem weinenden Auge hielt er ein altes Schulfoto in der Hand, auf dem die junge Gabriela neben ihm stand. Oliver fragte: „Wie geht es eigentlich Gabriela, und wie geht es deinen Jungs? Raphael, hallo? Wo bist du?"

„Was hast du gesagt, Oliver? Ach so, ihnen geht es gut, soweit ich weiß. Sie fühlen sich in Santa Monica wohl." Unwissend, dass Raphael auch nicht alles wusste, fragte er: „Bist du bereit für die Situation? Fliegst du rüber? Sollte im August nicht der Termin sein?" Verdutzt schaute Raphael: „Welcher Termin? Wovon redest du?"

Oliver meinte: „Da habe ich wohl etwas durcheinandergebracht."

Nachdem ihn Wolfgang schief angeschaut hatte, sagte er: „Jetzt aber mal Klartext, Oliver. Was für ein Termin?"

„OK, Raphael, ich dachte, du wüsstest es bereits. Gabriela und Brian heiraten im August und ziehen danach etwas weiter als Santa Monica. Nach Toronto, Kanada. Ich dachte echt, du wüsstest das längst, und..." Kühl gab er zurück: „Ja? Wusste ich zwar nicht, aber alles gut, ist doch schön für die."

Als Oliver zum Container ging, sprach Wolfgang: „Mein Junge, ist alles gut? Das nimmt dich doch immer noch mit?" Mit einem aufgesetzten Lachen redete Raphael Wolfgang und sich selbst ein, dass er damit sehr gut klarkam. Doch Wolfgang sah seine feuchten Augen. Die verrieten ihm etwas anderes; Gabriela war dem stolzen Raphael längst nicht so egal, wie er tat. Ohne groß etwas zu sagen, half er den Rest noch vom Speicher zu räumen.

Er nahm das gefundene Fotoalbum, das in Gabrielas altem Zimmer lag, und lief an das Ufer der Saar. Er setzte sich davor an das Sturmhütchen und schaute sich immer wieder und immer wieder die Bilder an, als er noch heimlich in sie verliebt war. Bilder aus der Zeit, wo er dachte, dass es mit ihr und ihm seinen Weg gehen würde. Das Schicksal meinte es gut, und sie gründeten nach Jahren eine Familie, ja, aber es hielt leider nicht solange, dass es die Ewigkeit war!

Tränenüberströmt lief er am Ufer der Saar entlang. Er wusste nicht, wie er nun reagieren sollte. Erst um drei Uhr ging er zurück zur Schiller-Allee. Dort zog er sich leise um, legte einen Zettel auf den Tisch, trank einen Tee und nahm dann den ersten Zug nach Hause. Es traf ihn eben doch, und damit musste er erst einmal klarkommen.

In Saarburg klingelte um Neun Uhr das Telefon. „Ich bin es, Wolfgang. Entschuldige, dass ich so überstürzt weggefahren bin. Es hat mich schon getroffen, als Oliver mit der Hochzeit kam." Wolfgang sagte: „Du bist weggefahren? Das haben wir gar nicht mitbekommen. Wir dachten, dass du noch in Gabrielas altem Zimmer schläfst. Aber es ist okay, war dumm, dass er so damit herauskam. Melde dich einfach." „Okay, dann verbleiben wir so. Was raus ist, ist raus. Grüß' an Oliver, und wir sehen uns ja? Ciao, ciao."

Er rief Laura-Jane an und fragte, ob er mit Brötchen vorbeikommen könne. Raphael musste wissen, ob sie davon wusste und es ihm verschwieg. Sie trafen sich bei ihr zum Brunch.

„Raphael, nimm dir auch Brötchen, du hast doch extra welche mitgebracht", sagte Laura-Jane.

„Ach, mir ist gestern der Hunger gewaltig vergangen. Warst du gestern nicht bei Wolfgang, um den Speicher zu leerräumen? Ist etwas passiert?", fragte sie besorgt.

„Ja, Laura-Jane, sag mal, wusstest du, dass deine Cousine und Brian sich entschieden haben, im Sommer zu heiraten? Und dann auch noch nach Toronto zu ziehen? Im Ernst jetzt?"

„Raphael, als ich das letzte Mal mit Gabriela telefonierte, sagte sie nebenbei, dass Brian ihr einen Antrag gemacht hat, aber dass es eine klare Sache ist und der Umzug, nein, echt nicht. Sie wollte mir schreiben und einen Brief für dich mitgeben. In Saarburg habe ich erwähnt, dass Gabriela wohl im Sommer heiraten wird, aber genaueres weiß ich nicht.

Weder der Brief kam noch ein weiterer Anruf. Es war mir unangenehm, dir davon zu erzählen. Sie sagte mir, sie ruft dich wegen der Besuchszeiten an, um etwas auszumachen und das zu klären. Ich dachte, dass sie dir dann bestimmt der Einfachheit halber direkt sagt, was nun ist."

Raphael blickte zwar traurig drein, aber Laura-Jane machte er keinen Vorwurf.

„Weißt du, Laura-Jane, ich war es leid, das Hin und Her meiner Gefühle. Doch was die beiden angeht, dachte ich eben echt, dass nach dem, was sie erzählte, und was mit uns passierte, das mit dem Amerikaner nicht lange hält. Nicht, dass ich dachte, jetzt werden wir wieder den gemeinsamen Weg finden. Aber dass sie nun seinen Antrag annahm? Muss ich das verstehen?"

Sie nahm ihren irgendwie verletzten Nachbarn und liebgewonnenen Raphael in den Arm.

„Vielleicht ist das jetzt etwas, das zwar weh tut, aber eben etwas Neues öffnet. Lieber ein Ende mit Schrecken, als ein Schrecken ohne Ende. Ruf doch mal Sabrina an. Oder fahr einfach mal nach München. Ihr seid doch auch so vertraut."

„Sabrina und ich vertraut? Nein, da stimmte und stimmt eigentlich alles im Bett, und das war klar, dass wir irgendwann merkten, dass wir nie mehr haben würden als Sexspaß. So brachte sie es mir auch stets rüber. Sie wollte ja auf jeden Fall diese Ehe aufrechterhalten. Frage mich nicht. Ach, das ganze Hin und Her. Sorry, kein Bedarf. Ich habe jetzt etwas loszulassen, Laura-Jane, was ich einerseits kommen sah, anderseits nie wollte, dass es in meinem Leben passiert. Verstehst du das? Wie soll ich damit klarkommen? Hast du einen Apfelkorn da?"

Laura-Jane verneinte und bat Raphael, sein Ertrinken erst gar nicht wieder anzufangen. Das sei auch kein Weg, ermahnte sie ihn.

Sie redeten bis in die Nacht hinein. Sasha rief an, Sabrina sogar hatte er weggedrückt. Schließlich fragte er Laura-Jane, ob er auf der Couch schlafen dürfe, weil er allein nicht in seinem Loft so viel grübeln wollte.

Eigentlich hatte sie vor, ihm heute mitzuteilen, dass sie vorhatte nach Köln zu ziehen, weil sie dort in einer Drogerie mehr verdienen könnte. Doch dies stellte sie erst einmal zurück. Stattdessen sagte sie: „Ach, Raphael, das tut mir so leid, dass dich das nach all den Jahren immer noch so arg mitnimmt. Gerne darfst du hierbleiben. Ich rufe auf der Arbeit an und sage, dass ich heute krank bin."

„Danke, Laura-Jane. Ich fahre kurz in die Werkstatt, sehe nach dem Rechten und komme wieder, aber nur wenn es für dich recht ist. Du musst auch nicht extra krank machen. Vier Stunden bin ich bestimmt weg." Sie verblieben so, dass sie sich später wieder treffen und einen gemütlichen DVD-Abend haben würden.

In der Kfz-Halle begrüßte sein Teilhaber Sasha ihn: „Servus, Raphael, wie geht's dir? Wolltest du nicht daheimbleiben? Hier ist alles ruhig. Nur die beiden Taxen sollten neue Reifen draufbekommen."

„Da fällt mir nur die Decke auf den Kopf", entgegnete Raphael.

Gemeinsam arbeiteten sie an den Taxen. Danach, völlig mit Öl verschmiert, verließ Raphael seine Werkstatt und schloss ab, als Sasha draußen war. Aus seinem Spind nahm er sich die frische Wäsche, die dort lag, mit und spazierte zu Gabrielas Cousine. Mit dem Ellenbogen klopfte er an die Tür, und sie war auch schon da, als er eintrat.

„Darf ich bei dir duschen, bitte? Die Dusche auf der Arbeit ist kaputt. Ich wollte nicht nach Hause laufen und dann wieder her, okay?"

„Klar, Raphael, fühl dich wie zu Hause. Ich gebe dir gleich ein Handtuch", antwortete Laura-Jane.

Sie rief ihm hinterher: „Ich bestelle uns Pizza, okay? Ein Nein wird nicht akzeptiert."

Raphael zog sich aus und stellte sich unter die Dusche. Bevor er die Milchglastür schließen konnte, trat Laura-Jane herein und wollte ihm sein Badetuch bringen.

„Ups, sorry, ich dachte, du bist du hast…", stotterte Laura-Jane, als sie Raphael wie Gott ihn schuf sah. Sie war etwas belustigt, rot geworden und fühlte sich etwas sprachlos.

Er hatte damit kein Problem wo ihm doch Gabriela in glücklichen Tagen verriet, dass Laura-Jane mal in der Schulturnhalle eine bedeutende Liebelei mit einer Schülerin hatte. Diese mache es ihr heute noch schwer, weil sie sich zu ihr hingezogen fühlte. Das behielt er bisher auch schön für sich.

Deswegen zog er ohne tieferen Gedanken zu und sagte: „Jo, danke, leg es einfach dort hin."

Eigentlich wollte sie aus dem Bad herausgehen,

doch blieb sie stehen und sah hinter der Glastür den athletischen Körper. Durch die Ehe mit Gabriela und die Geschichte sah sie den etwas jüngeren Raphael mit anderen Augen. Doch sie müsste lügen, wenn ihr nicht gefiel, was da unter ihrer Dusche stand.

„Alles gut bei dir, Raphael? Darf ich dir noch etwas bringen?" fragte sie, während das heiße Wasser über seinen langen Rücken rieselte und was noch länger war.

Sie beachtete erst gar nicht, was sie in diesem Moment dachte, dass sie eigentlich einen weiblichen Körper sehr anziehend fand, und ließ ihre Hüllen inklusive dem schwarzen BH fallen und öffnete die Glastür.

Raphael schien ebenfalls den Blick für die Realität zu verlieren, was eigentlich nicht sein sollte, aber dennoch angenehm war. Er streckte Laura-Jane seine harte Männlichkeit entgegen, worauf sie ohne Zögern zugriff. Als gäbe es nichts, was zwischen ihnen stehen könnte.

Sie schmiegten sich mit ihren nackten Körpern aneinander, und Raphael sorgte dafür, dass sie eins wurden. Liebevoll presste er Laura-Jane an die Duschwand und hob ihr rechtes Bein hoch.

„Tiefer, bitte tiefer, mehr," flehte sie ihn an, während kleine Aufschreie auf die aufeinander folgenden Orgasmen hinwiesen.

Gekniet vor ihm zeigte sie ihm, wozu sie ihre Lippen einsetzen konnte. Zärtlich drückte er ihren Kopf in seinen Schoß.

Nach der liebevollen Begutachtung seines Unterleibes zog er sie hoch. Fordernd stellte sie sich gebückt vor ihn und konnte es kaum erwarten, dass er sie erneut ganz ausfüllte. Raphael machte seiner Enttäuschung Luft. Längst beanspruchte ihre beider Gier nach Sex nicht nur das Bad.

Ganz tief in ihr trug er sie mit festem Händegriff an ihrem Po auf das große Bett im Schlafzimmer. Und es war ein Vulkanausbruch vom Feinsten. Völlig verschwitzt und ausgelaugt lagen sie sich in den Armen. Keiner sagte etwas eine Weile, bis Raphael verlauten ließ: „Dann werde ich nochmal duschen müssen."

Laura-Jane war platt.

„Was ist da eben passiert? War es ein Versuch, mit dem Thema Frauen abzuschließen? Was hat mich da geritten und so verführt?" dachte sie und verzog sich ins Wohnzimmer. Raphael setzte sich auf die eben noch gut berittene Couch.

„Magst du auch einen Kaffee, Raphael?" Ohne eine Antwort ging sie in die Küche, kochte Kaffee, eilte vor ihm ins Bad und duschte. Sie merkte, dass sie irgendwie noch nicht genug hatte und sehnte sich nach versteckten Zärtlichkeiten.

Sie streichelte ihren weiblichen Busen. Raphael roch etwas, stand im Bad und fragte: „Darf ich nochmals behilflich sein?"

Laura-Jane war zwischen Sehnsucht und Wahnsinn hin- und hergerissen. Deshalb zog sie ihn mit in den Duschraum und nahm sich, was sie noch einmal unbedingt spüren wollte, bevor sie klar denken konnte. Diesmal duschten sie gleich zusammen und verloren von da an kein Wort darüber.

Beide waren bereit, sich so dahinreißen zu lassen.

Da Raphael und sie etwas unbeholfen mit der Situation umgingen, entschied er sich doch nach Hause zu laufen.

„Haben wir jetzt etwas Falsches getan?" fragte er an der Tür. Sie gab ihm zu verstehen: „Ach wo, wir sind erwachsen und so etwas passiert. Lassen uns einfach so miteinander umgehen wie bisher." „Ok, Laura-Jane, also Freundschaft plus," lachte der unentschlossene Herr Vogler. „Raphael, nein, lass es uns nicht kompliziert machen. Es war schön für den Moment, aber ich befinde mich irgendwie zwischen zwei Welten, seit langem." Beim Hinausgehen sagte Raphael: „Laura-Jane, wie soll und muss ich das jetzt verstehen?" Was er insgeheim schon zu deuten wusste.

„Musst du nicht, ich tue es ja selbst nicht, aber du kannst ruhig wie angeboten hier schlafen. Es ist ja nichts passiert, oder?" antwortete Laura-Jane mit einem versuchten Lächeln. Um es eben, wie sie sagte, nicht unnötig kompliziert zu machen, schlenderte er die Straße runter in sein Loft, wo auf ihn nach wie vor niemand wartete. So dachte er zumindest!

Kapitel 8

Die nächsten zehn Tage hörte und sah er nichts von Laura-Jane. Er hoffte, dass sie sich mit diesem feuchten, ungeplanten Ausrutscher nichts kaputt gemacht hatten in ihrer Freundschaft. Den Versuch, sie mal eben kurz anzurufen, um nur mal die Situation zu checken, hatte keinen Erfolg. Laura-Jane hatte sich nach dem körperlichen Kontakt zu Raphael, der ja nicht geplant war, jedoch dann eigentlich helfen sollte in ihrer sexuellen Orientierung, zurückgezogen zu Bastian und Lorenz nach Köln, wo sie ja vorhatte, vorübergehend einzuziehen wegen ihrem baldigen Job als Filialleiterin. Erst mal schrieb sie Raphael eine Nachricht, die sich so liest:

„Lieber Freund, ich habe mich entschieden, ein paar Tage bei Lorenz und Bastian in Köln zu verbringen. Die haben mich eingeladen. Falls ich den Job bekomme, werde ich eh vorübergehend da wohnen. Da hat ein neuer Club aufgemacht und am Dienstag habe ich ein Gespräch in der Drogerie am Dom. Also falls du denkst, ich bin weg, weil wir uns beschnupperten, da kann ich dich beruhigen. Raphael, alles gut, ich wünsche dir ruhige Tage. Man sieht sich. Gruß, Laura-Jane.“

Das erleichterte Raphael sehr. Wie sie ihm vorschlug, hatte er sich entschieden, am Wochenende nach München zu fahren, da er Sabrina nicht telefonisch erreichte. Schließlich hatte er Sabrina mehrfach weggedrückt. Raphael schnappte sich sein altes Motorrad und fuhr zum Deutzer Bahnhof, um den Schnellzug nach München zu nehmen. Seine Kawasaki stellte er im Hof vom Plauderkessel unter. Er dachte: „Mist, ich muss den nächsten ICE nehmen, da habe ich noch eineinhalb Stunden Aufenthalt." Und so quatschte er noch auf zwei helle Weizen, mit Jakob dem Wirt, über dies und das! Auf dem Weg zum Gleis versuchte er schweren Herzens Gabriela anzurufen. Seine Kids wollte er schon noch sehen, bevor sie das Weite mit ihrem ach so „The Best Brain" suchte. „Kanada, Toronto, noch weiter geht's ja nicht." Ging ihm durch den Kopf. Es hob jemand ab: „Danzer-Vogler?" Raphael verstellte die Stimme: „Danzer? Oh, I have mich verwählt." Und drückte ab! Er war sprachlos und konnte es nicht glauben: „Shit, es kann doch nicht sein, hat die schon seinen Namen? Haben die schon geheiratet?"

Raphael hatte die Fahrkarte zerrissen und in die Gleise geworfen, schnappte sich seinen Reisekoffer und wollte am liebsten zu Jakob rein, was er lieber nicht tat. Mit dem Frust, den er schob, wäre das für Jakobs Whiskyvorrat schlecht gewesen. „Das hatten wir schon mal", dachte er sich. Raphael begab sich noch ziemlich verletzt rüber zu seiner Kawasaki. Den Motorradschlüssel glaubte er in die Seitentasche gesteckt zu haben, wo er aber nur einen Zettel mit einer

Telefonnummer rausfischte. „Hm", dachte Raphael. Er drehte den Zettel um und las „Lena Marie". Lena Marie? Das war doch die Kleine, die er liebevoll getröstet hatte, die ihren Mann, so weh es auch trotz Gewalt und Boshaftigkeit tat, den Laufpass gab. Er steckte den Zettel in die Jeans, kramte den Schlüssel raus und wollte einfach heim. Knapp dreißig Minuten später, trotz aufkommenden Verkehrs auf der A 57, kam er an. Er konnte es nicht wirklich verstehen, was sich da wohl abgespielt haben muss, dass Gabriela sich mit Danzer-Vogler meldete.

Laura-Jane wollte er nicht wieder stören, und so versuchte er mal wieder mit dem Schicksal zu hadern, dass es nun aus und vorbei sei, mit einer kleinen, wenigstens kleinen Aussicht, dass Gabriela und er? Raphael musste sich zusammennehmen und nachdenken. Dazu setzte er sich in seinen Relaxsessel. Unter dem Kissen muss etwas Hartes gelegen haben, denn es pikste ihn in den Oberarm. „Ein Buch, wie und woher kommt das denn?" „Tagebuch Lena Marie" stand da drauf, und er feuerte es gegen den Schrank, um es im selben Moment wieder zu nehmen. Man sah, er überlegte: „Lese ich es, oder nicht?"

Schließlich blätterte er in dem kleinen Buch, und es gefiel ihm nicht, was er da so lesen musste. Ohne es hier nun groß zu offenbaren, als Lea Marie 18 Jahre alt war, wurde sie von dem früheren zweiten Mann ihrer Mutter angefasst. Schlimmer noch, dieser Mistkerl schob ihr einen Braten in die Röhre und zwang sie, das Kind in die Babyklappe zu legen. Als sie endlich verschwinden konnte und jegliches Vertrauen verloren hatte, war sie 24 Jahre alt. Ihre Mutter glaubte ihr kein Wort. Seine Strafe, hatte der Schicksalsengel ihm zukommen lassen. Wie? Stand in diesem Tagebuch. Man sollte nicht mit Radio in die Badewanne gehen. Und anstatt einmal Glück zu haben, einen guten Mann zu finden, verliebte sie sich in einen selbstliebenden Mann, der nach kurzer Zeit sie schlug und wie sein Eigentum behandelte. Ja, ihre große Liebe

Anska. Glaubte sie und lebte diese Liebe fast sechs Jahre lang. Sofort kam Raphael das Theater mit Gabriela, Sabrina dermaßen klein vor. Das alles ließ Raphael in ein paar Seiten und schlug es zu. Er hatte feuchte Augen bekommen, das alles nahm ihn doch irgendwie sehr mit. Als er sich wieder etwas gefasst hatte, wählte er die Nummer auf dem Zettel im Koffer in seiner Jeans. Anrufbeantworter: „Lena Marie Popov, ah du bist es, oh schade ich bin leider nicht zu erreichen, aber sprich mir eine Nachricht auf das Band, und ich werde mich melden."

Das war wohl nichts, da musste er wohl darauf hoffen, dass sie in geraumer Zeit zurückruft. Sein Smartphone spielte schon kurze Zeit später seinen Rufton ab. „Lea Marie", meldete er sich sogleich.

„Nein, sorry, ich bin es, Laura-Jane. Raphael, wer ist schon wieder Lena Marie?" „Ach, hallo Laura-Jane, wie geht es dir? Hast du den Job, und wenn ja, musst du ja noch früher aufstehen?"

Laura-Jane erzählte ihm von dem Drogeriemarkt am Dom und dass ihre Wahrscheinlichkeit, die Stelle zu bekommen, gut aussieht. Er ließ sie fertig sprechen und stellte ihr natürlich die Frage: „Hast du etwas von deiner Cousine Gabriela gehört? Oder ist es für dich auch neu, dass sie ans Telefon geht und sich mit Danzer-Vogler meldet?“

Verdutzt erwiderte sie, dass sie selbstverständlich davon nichts wisse: „Das hätte ich dir doch gesagt.“ „Dann genieße mal noch ein paar entspannte Tage in Köln und grüße Lorenz und Bastian von mir.“

Laura-Jane versicherte ihm, dass sie das tun werde, denn heute Abend gehe es auf die Pirsch. Für Raphael stand jetzt einiges vor seinen Augen, um das er sich kümmern wollte und musste. Da war die Werkstatt und geschäftliches, was er nicht immer Sasha überlassen konnte. Es lag ihm auch am Herzen, Sabrina in München zu besuchen. Ein Besuch in Saarburg sollte auch anstehen, um bei Wolfgang vorbeizuschauen und bei Onkel Oliver einfach mal die Probleme Probleme sein zu lassen. Was ihm jedoch ein Dorn im Auge war, war, dass Lena Marie all die Jahre so gelitten hatte, und er wusste nicht, ob sie überhaupt wollte, dass er sich meldet. Sogleich rief er noch einmal ihre Nummer an. Dasselbe. Text nur.

„Ob es noch ihre Nummer ist und ob sie sieht, dass ich versuche, sie zu erreichen?“, überlegte er einen Moment. Lassen wir Raphael mal, mit seinen Schritten und Gedanken für sich. Nachdem Laura-Jane noch kurz Smalltalk mit Gabrielas Exmann gemacht hatte, huschte sie unter die Dusche und machte sich gemeinsam mit Lorenz und Bastian vor dem XXXL-Spiegelschrank ausgehfertig. Sie fand es belustigend, wie sich vor allem Bastian schminkte und sich für den Abend in dem neuen Szene-Club herausputzte. Und was für ein Kleid? Da konnte sie ja nicht mithalten. Lorenz, der sich schlicht mit engen Jeans und einem hautengen T-Shirt bekleidete, half Laura-Jane in den superknappen Minirock. Er lächelte und sagte: „Du hast gestern bei der Eröffnung schon mitbekommen, dass die schnuckeligen Männer da sich nicht für deine scharfe Haut interessieren?"

„Eben drum, Lorenz, eben drum, da will sie keiner anbaggern." sagte Bastian und neckte Laura-Jane: „Also, so zwei kleine Äpfel auf dem Brustkorb, dafür wäre ich auch, findest du nicht, Lori?" So nannte er Lorenzo immer, wenn er etwas wollte. Lorenz erwiderte: „Ach geh, Schatz, du machst mich gerade wegen deiner glatten Brust so kribbelig, wenn ich dich anschaue."

„Laura-Jane, vielleicht musst du heute nicht allein tanzen, heute ist gemischte Platte, wenn du verstehst." Sie antwortete: „Du weißt, ich tanze gerne mit euch Jungs, da ist ein beherzter Griff an meinen Po keine Anmache."

Bastian verzog den Mund zu einem Lächeln und kicherte: „Nein, Liebes, gemischte Platte bedeutet hier, dass lauter gleichgeschlechtliche Menschen, die dazu stehen, ob Frau und Frau oder Mann und Mann, auch miteinander das Tanzbein schwingen werden."

Obwohl Laura-Jane beim Gedanken Bauchweh bekam, dass jemand bemerken könnte, dass sie einer Frau nicht abgeneigt wäre, stiegen sie auf der anderen Seite in die U-Bahn. Lorenz nahm seine beste Freundin in den Arm: „Keine Angst, dass du weißt, wie sich ein Frauenkörper anfühlt, steht nicht auf deiner Stirn."

„Du rockst den Club." Die drei kamen wenig später auf der berüchtigten Kölner Schaafenstraße an, wo der Bär tobte. Sie hatten sichtlich Spaß, und als die beiden in den Dark Room verschwanden, tanzte Laura-Jane und bemerkte nicht die beobachtenden Blicke der blonden Frau, die an der Bar saß. Eigentlich dürfte Gabrielas Cousine keine Kleider mehr anhaben.

„Lorenz, Bastian? Wo seid ihr?" rief Laura-Jane, doch die beiden hatten ihren Spaß im abgedunkelten Raum. Bastian küsste leidenschaftlich seinen Lorenz und spürte, dass er nicht der Einzige war, der ziemlich wuschig wurde bei jedem Kuss. Die langsame Musik lud zum Kuscheln ein. „Darf ich dich zum Tanzen auffordern?" Die gutaussehende Frau von der Bar war höflich, und Laura-Jane und sie nahmen sich in den Arm.

Etwas nervös hoffte Laura-Jane, dass der Song gleich vorbei wäre, und ihr Gegenüber hauchte ihr ins Ohr: „Ich bin Tanja, und du?" Tänzelnd sagte sie: „Ich bin Laura-Jane, und mein Freund Lorenz hat mich mitgenommen. Schönes Lokal, was?" Tanja lachte: „Sei doch nicht so versteift, ich tue dir nichts." Lorenz und sein Bastian waren wild am Fingern im Dark Room. „Wenn du meinst, dass er dein Freund sei, komm doch mit mir, wir suchen sie." „Ähm, ich habe mein Glas vorne stehen."

Lustig berührt beobachtete Tanja, die von Kopf bis Fuß auf Frauen stand, wie sich Laura-Jane schnell an der Bar einen Caipirinha bestellte. In ihrem Bauch und Brustkorb wurde es verdammt warm, und einerseits war ihr dieses Gefühl recht, andererseits wehrte sie sich dagegen. Die Figur betonte Tanja setzte sich mit ihrem Drink in die Tischgruppe neben dem Eingang des Dark Rooms. Der eine Raum, in dem Lorenz und Basti waren, schien für verliebte Kuschelbedürftige Frauen zu sein. Aber auch die Damentoiletten waren hinten, und Laura-Jane musste an der Tischgruppe vorbei. Sie entschied sich erst einmal dafür, dass sie ein wenig an der frischen Luft sein wollte.

In Dormagen war Raphael nach einem themenreichen Abend mit Sasha und Bauchschmerzen von den vielen Popcorns in sein einsames Bett gegangen, nachdem er Sasha mit seinem Jeep nach Hause gefahren hatte. Morgen wollte er sich auf den Weg nach Saarburg machen, es sei denn, Lena Marie würde ihn zurückrufen. Den Versuch von Laura-Jane, mit ihm zu reden, musste sie knicken. Raphael hatte sein Handy wohl an seiner Ladestation. Sie dachte: „Ach was, ich gehe jetzt da rein, tanze und genieße den Abend."

Laura-Jane hatte es sich nicht leicht gemacht. Sie konnte eine Begegnung in der Turnhalle während ihrer Schulzeit nicht vergessen. Wer der oder die Glückliche war, wusste nur Gabriela und seit ein paar Jahren auch ihr bester Freund Lorenz, der als Männer liebender ihr bester Freund war und ist.

Eigentlich wollte Laura-Jane schnell an der Tischgruppe vorbeihuschen, wo Tanja immer noch an ihrem Glas leckend saß. In dem Moment, als sie vorbeilaufen wollte, stolperte sie und fiel direkt in die Arme der aufreizenden Tanja. Ein leises „Entschuldigung" sagte Laura-Jane: „Oh, das ist mir jetzt aber unangenehm, bitte verzeih. Wie war doch gleich dein Name?

Tanja, richtig?" stammelte sie mit zitternder Stimme. Das blieb der aufgeheizten Tanja, die sich in die schüchterne Laura-Jane sofort verliebt hatte, nicht verborgen, und ohne Wenn und Aber näherten sich die beiden Frauen schnell. Ihre Zungen flutschten langsam und fordernd in den Mund der anderen. Dean, der vorbeilaufende Kellner, drehte grinsend die Glühbirne aus und zog den rot-schwarzen Vorhang zu, um die beiden ungestört zu lassen.

Langsam öffnete sich Laura-Jane ihrer Begierde, und unter den heißen Küssen und dem Befingern wurden die schwarzen Ledersitze immer mehr nass, und Tanja zog Laura-Jane an der Hand in den nebenan liegenden Dark Room für Frauen, hinter dem sich für ganz Entschlossene Mini-Zimmer mit einem Bett befanden, extra für diejenigen, die sich in der heißen Situation den Weg nach Hause nicht mehr zutrauten. Tanja schloss die Tür, und Laura-Jane riss förmlich die letzten Fetzen Stoff von ihrem Leib.

Ihre Schüchternheit schien nie dagewesen zu sein. Die intensiven stoßförmigen Küsse über ihren Körper ließen Laura-Jane kurzatmig aufschreien. Sie ließ alles geschehen, was Tanja mit ihr machte. Völlig nackt und in ihrer unbeschreiblichen Schönheit lag sie da und genoss die blitzartigen Berührungen ihrer Zunge. Sie spürte jetzt das, was sie jahrelang herbeigesehnt hatte. Tanja liebkoste ihre zitternden Brüste und setzte sich nach innigen Zungenküssen verkehrt herum auf Laura-Janes lechzenden Mund und feuerte sie an, immer schneller, immer tiefer ihre Weiblichkeit zu schmecken. Fest und zärtlich krallte Laura-Jane Tanjas

Po, drückte und zog ihn auf und nieder. Tanja verspürte 1000 Elektroblitze bei jeder Zungenberührung ihres G-Punktes. Laura-Jane wollte gar nicht mehr aufhören. Trotzdem drehten sie ihre Körper, und nun lag Laura-Jane sitzend mit weit gespreizten Beinen offenherzig, vibrierend auf ihrem Mund, und sie schrie ihre Lust heraus, als Tanja ihre Weiblichkeit liebkoste, ganz langsam und schnell im Wechsel. Schließlich bäumte sich ihr Unterleib regelrecht Tanja entgegen.

Es war der pure Wahnsinn für Laura-Jane, was da gerade abging, und sie wollte sich am liebsten sofort mit dieser Sexgöttin Tanja in ihr Schlafzimmer beamen, um mit ihr jeden einzelnen Orgasmus auszukosten.

Schwer voneinander loskommend gingen die ausgehungerten Frauen an die Bar und löschten ihre Hitzewelle mit einem kühlen Tequila-Kiwi-Cocktail.

„Dabei sehen aber zwei Damen ziemlich mitgenommen aus", sagte Bastian grinsend zu Lorenz schauend. Tanja saugte genüsslich am Trinkhalm, während Laura-Jane nur stotternd sagte: „Wir waren tanzen, ja genau, wir waren tanzen, was sonst, nicht wahr, Tanja?"

Die feurige Tanja belächelte sie nur: „Du hast den heißesten Tanz hingelegt, Schatzilein, meine Mitte ist immer noch ganz aus der Spur." Lorenz gab seinem Basti einen fetten Kuss, hob dabei sein linkes Bein an und nuschelte Laura-Jane zu: „Steh einfach dazu, es ist so, wie es ist, ok? Außerdem haben wir euch tanzen gehört."

Lachend schnappte er sich Bastian und zog ihn in den Darkroom. Tanja und Laura-Jane bezahlten, hinterließen dem Kellner Dean einen Zettel für die beiden und machten sich auf den Weg zu Tanjas Domizil. Weiter als zwei Straßenblöcke hätte es Laura-Jane eh nicht ausgehalten, dann wäre sie über die nach Sex riechende Tanja hergefallen. Schon im Treppenhaus verloren die beiden leicht die Beherrschung, und als sie endlich im ersten Stock ankamen und sich auf das einladende runde Bett fallen ließen, gehörte die Nacht den ineinander verschmelzenden Körpern der hungrigen Frauen. Laura-Jane öffnete sich in dieser Nacht richtig. Wie viele Jahre hatte sie die innerlich brodelnde Begierde gespürt und nicht rausgelassen? Im Gegenteil, sie hatte versucht, sich gegen die Neigung zum weiblichen Geschlecht zu wehren, wenn sie sich mit dem ein oder anderen Mann einließ.

Tanja war eine der Frauen, die jede Möglichkeit einer lustvollen Nacht mit einer Schönheit mitnahm. Doch mit Laura-Jane war es irgendwie anders. Sie spürte das brennende Verlangen, und ihr Herz hatte sich voll und ganz auf sie eingeschossen. Da war mehr als nur leidenschaftlicher Sex. Mehr als nur wildes, hemmungsloses Aufeinander-Herfallen.

Das Loft, in dem Tanja lebte und liebte, war ziemlich hellhörig, aber zum Glück waren ihre Nachbarn im Urlaub, und das hinausgeschriene Aufzucken der Orgasmen blieb unbemerkt. Tanja beugte sich über die breitbeinig da liegende, zitternde Laura-Jane und brachte sie mit ihrer schnellen Zunge und ihren Lippen zum regelrechten Explodieren. Völlig ausgehungert genoss Laura-Jane diesen Orgasmus-Marathon, hauchte ihrer Gespielin immer wieder ein „Ich liebe dich" ins Ohr. Nein, voneinander zu lassen gelang den beiden in dieser Nacht nicht. Im Loft roch es nach Sex, Liebe, und bei diesem heißen Feuer war an Schlafen nicht zu denken. Da hatten sich zwei gefunden und kosteten ihrer Anziehungskraft aus.

Ganz im Gegensatz dazu machte es sich Raphael halb schlafend auf seiner Couch bequem. Seine Gedanken kreisten um Gabriela. Das kurze Ausprobieren mit der schnellen Sexnummer mit seiner Freundin Laura-Jane war längst vergessen, eher peinlich abgelegt. Zudem hatte sie sich sprichwörtlich in jeder Hinsicht geöffnet für die Liebe zum Fraulichen Reiz.

Auf der einen Seite wartete er irgendwie doch auf den Rückruf von Lena Marie, deren Körper ihn irgendwie anzog, andererseits wäre er gerne in den Armen seiner großen Liebe Gabriela versunken. Doch nichts von beidem hatte sich heute Nacht bewahrheitet. Da blieb ihm wohl nichts anderes übrig, als mit seinen erotischen Gedanken und Erinnerungen ins Bett zu gehen. Raphael wälzte sich hin und her.

Dass seine Jugendliebe Gabriela demnächst diesen USA-Menschen heiraten wollte oder schon geheiratet hatte, das ging ihm nicht aus dem Kopf. Was sollte er tun? Er wusste es nicht. Seine beste Freundin, die sich mittlerweile heimlich, anders als geplant, in den Hafen der Ehe begeben hatte und mit ihrem Justus in die Flitterwochen nach Dubai gereist war, war ihm nun auch keine Hilfe. Zudem sagte Petra eh immer dasselbe: „Kämpfe um deine Liebe, es ist nie zu spät, oder streiche sie endgültig. Diese beiden Möglichkeiten hast du, mein Guter."

Aber weder das eine noch das andere war sinnvoll. Den richtigen Weg kann er knicken. Egal wie sehr er sich dagegen wehrt, wie viel Sex er mit Sabrina und den vermeintlichen Frauen hatte, es zog ihn sein Herz letztendlich immer wieder zu Gabriela. Rien ne va plus, nichts geht mehr.

Kapitel 9

Raphael hatte die Nacht überstanden und machte sich nach einem starken Espresso auf den Weg zu Sasha in seine Werkstatt. Sasha begrüßt ihn: „Da bist du ja, Alter, endlich. Seit gestern Mittag und seit 9 Uhr morgens klingelt die gleiche Nummer hier durch." Raphael fragt nach: „Hast du nicht abgehoben? Wer hat sich gemeldet?"

„Das ist es ja, sobald ich mich korrekt gemeldet habe, hat die Person deinen Namen genannt und aufgelegt. Keine Ahnung, was da los ist. Vielleicht solltest du sie zurückrufen", antwortet Sasha.

Verdutzt vergleicht Raphael diese Nummer mit den Notizen, die er gemacht hat. Bingo, denkt er: „Das war Lena Marie, ja, Lena Marie. Sie hat sich mit mir im Flugzeug unterhalten. Ich rufe sie mal an, um zu sehen, was so wichtig ist."

Damit ging er auf den Hof hinaus, was Sasha einfach hinnahm. Irgendwie musste Lena Marie versucht haben, ihn vom Büro aus anzurufen. Anders konnte er sich nicht erklären, warum sie ihn in der Werkstatt anrief. „Popov", meldet sich eine nervös klingende Stimme.

„Ich bin es, Raphael Vogler. Du hast versucht, mich in meiner Werkstatt zu erreichen. Ich habe dich wohl über die Nummer zurückgerufen. Und ich habe zu Hause auf deinen Rückruf gewartet. Lena Marie."

„Ja, das bin ich. Endlich hat es geklappt. Entschuldige, dass ich dich so überfalle, aber ich brauche dringend jemanden zum Reden, eine starke Schulter, um mich anzulehnen. Raphael, können wir uns treffen? Ich muss dir etwas erklären, und deswegen ist das, was Anska fordert, so verrückt. Egal, ich erzähle es dir." Selbstverständlich hat er sofort zugestimmt. Wenn er daran denkt, was er am Ende im Tagebuch gelesen hat, kann er sich vorstellen, in welche Richtung das geht. Lena Marie war wohl nach einem One-Night-Stand mit einem Partygast schwanger geworden.

„Wir treffen uns vor dem Hyatt Regency Hotel in Köln. In 3 Stunden."

Lena Marie kennt dieses Hotel logischerweise, da sie täglich daran vorbeijoggt. „Bis dann, Raphael, und danke." Mit gemischten Gefühlen macht er sich mit seiner Maschine auf den Weg nach Köln, nachdem er Sasha gesagt hat, er müsse noch schnell etwas erledigen. Sasha ist bekannt, wie durcheinander sein Chef bzw. sein Geschäftspartner wegen seiner Frauengeschichten ist. Schließlich hat er hautnah mitbekommen, wie John Danzers Bruder Brian Raphael die Hoffnung zerstörte, jemals wieder mit Gabriela vereint zu sein. „Schon klar, Raphael, ich schmeiß den Laden, kein Thema. Bis dann. Fahre vorsichtig."

Wie ausgemacht, treffen die beiden im Hyatt Regency Hotel aufeinander. Mit Tränen in den Augen umarmt Lena-Marie sofort Raphael. Irgendwie verstehen sich die beiden wortlos.

„Na, Lena Marie, was ist passiert?" Die beiden setzen sich an die Hotelbar, und Raphael schenkt ihr seine Ohren. „Wie du weißt, habe ich Anska verlassen. Er hatte ständig andere Sexgespielinnen, und unser Kinderwunsch wollte sich auch nicht erfüllen. Und wie das Schicksal so will, wurde ich im Urlaub von einem Sexabenteuer schwanger."

Raphael wusste nicht, ob er ihr gratulieren sollte oder ob es für sie nach der Trennung von Anska ein No-Go ist. Er weiß ja, wie sehr es ihre Ehe belastete. „Lena-Marie, was wirst du nun tun? Wirst du es deinem Noch-Ehemann sagen?"

„Das ist es ja, Raphael. Ich habe es ihm gestern gesagt, dass er nun doch Papa wird. Er hat mich geschüttelt, war ziemlich erbost, hat mir einen Brief vorgelegt, aus dem hervorgeht, dass er zeugungsunfähig ist. Er nannte mich eine Schlampe und beschimpfte mich. Er unterstellte mir, ich wolle ihm ein Kuckuckskind unterschieben. Ich wollte doch nur die Ehe retten. Es wäre unser Kind gewesen. Es wäre wieder gut geworden, bestimmt", schluchzte Lena Marie. Er war sprachlos, einerseits darüber, wie dieser Anska die zierliche Frau so schlecht behandeln konnte, sei es durch Fremdgehen oder das Anzweifeln, obwohl sie schwanger ist.

„Du, Lena, dass dies ein falscher Weg gewesen wäre, ein Kind, das aus einem One-Night-Stand entstanden ist, als Heilmittel für die Ehe zu betrachten, das leuchtet doch ein, oder?" Das bejahte sie und versuchte gleichzeitig, es zu rechtfertigen, dass es für den Fortbestand der Ehe gedacht gewesen wäre: „Zudem sagte mir Yanick, als er davon hörte, dass er sich jeder Verantwortung entziehe und ich das Kind am besten gleich wieder abtreiben solle."

„Ach, Lena, Anska hat dich betrogen und belogen. Da ist es keine Ausrede, dass es mit dem Kinderwunsch nicht funktioniert hat oder irgendetwas anderes. Mach einen Strich darunter und fange ein neues Leben an. Du wirst das Kleine doch behalten, oder?" Raphael bot ihr auf jeden Fall an, stets an ihrer Seite zu sein, wenn sie Hilfe braucht. Das wurde im Nachhinein jedoch missverstanden, wie sich herausstellte. „Selbstverständlich bestrafe ich nicht das Kind für meinen Fehler. Darf ich?"

Ohne dass er etwas erwiderte, wollte die junge Frau ihre Lippen auf Rafaels pressen, ihn küssen. Anders als man es von ihm kennt, hat er sich zurückgezogen und sie einfach in den Arm genommen. Er ist sich sicher, dass er für Lena Marie nur freundschaftliche Gefühle hegt und nicht ihre verworrene Situation ausnutzen will, um seinen Kummer wegen Gabriela im Sex zu ertränken. Nein, er will sie nicht benutzen. Dafür hat er sie schon zu sehr in sein großes Herz geschlossen. Raphael hat ihre Hand die ganze Zeit gehalten und sagte ihr, dass die Haustür seines Lofts in Dormagen für sie immer offen steht. Nachdem Lena zwei oder drei Gin Tonic getrunken hatte, bot Raphael ihr an, sie mit seinem Motorrad nach Neuss zu fahren, in ihre mittlerweile von Anska verlassene Wohnung.

„Raphael, das ist wirklich lieb von dir, wirklich sehr lieb", sagte Lena Marie. Sie schmiegte sich fest hinter Raphael, der sich dabei ertappte, dass es ihm einerseits nicht in den Sinn kommen sollte, aber andererseits genoss er es irgendwie still und heimlich, wie sich Lena fest an ihn klammerte.

In Neuss angekommen, bewunderte Raphael ihren Stil in der Wohnung im alten Bahnhofsgebäude und verbrachte noch ein paar Momente mit ihr in der schwarzen Lederlandschaft. Als er sich seinen Helm schnappte und sich freundschaftlich von ihr verabschiedete, schaute sie ihn mit ihren kleinen blauen Augen an.

„Bitte, Raphael, lass mich jetzt nicht allein, bitte", bat sie.

„Ach komm schon, ich wohne im Nachbardorf, nicht weit weg von dir. Wenn du mal allein bist, ruf mich an und komm mich besuchen. Leg dich hin und lass unser Gespräch durch den Kopf gehen", erwiderte er.

Bevor er sich versah, versuchte sie es erneut. Er wollte ihr einen Kuss auf die Wange geben, doch sie schnappte sich stattdessen seine Lippen. Die Berührung ihres süßen Mundes ließ ihre Zungen schnell im jeweils anderen Hals verschmelzen.

Raphael hauchte ganz zart: „Lena, Lena Marie, was machst du mit mir? Fühlst du dich nicht zum weiblichen Geschlecht hingezogen? Das war aber nicht geplant."

„Wo ich mich in diesem Moment hingezogen fühle, werde ich dir zeigen, du geiler Hengst. Du hast gesagt, wenn ich mich allein fühle, soll ich mich melden. Ich fühle mich gerade sehr allein. Bleib heute Nacht bei mir. Bitte."

„Da kann ich nicht Nein sagen. Wenn du willst, dass ich bei dir bleibe, dann werde ich dir meine Nähe schenken, Lena Marie."

Vergessen waren die Worte von Raphael, vergessen war die Zurückhaltung von Lena. Jeder von beiden verspürte eine unüberwindbare Sehnsucht nach Liebe, nach Zuneigung. Und nun würden sie sich diese Sehnsucht ohne Schuldgefühle erfüllen und genießen.

Raphael zog vorsichtig Lenas Top über ihren Kopf, löste ihren zitternden BH und liebkoste ihre süßen Brustwarzen. Seine Lippen umschlossen sie, während er spürte, wie sie unter seiner Zunge schnell hart wurden. Lena warf Raphael zärtlich auf den Rücken, um sein gewaltiges Männerteil aus der Dunkelheit zu befreien. Sie konnte kaum glauben, wie groß es war, als es aus der Enge hervorschoss. Mit ihren kleinen Händen umfasste sie es kaum, bevor sie es mit Genuss in ihren Mund aufnahm. Die schwarze Ledercouch war zu einer klebrigen Liebeswiese geworden, auf der sie beide für diese Momente ihre verletzten Gefühle verdrängten und sich bedingungslos ihrem Verlangen hingaben.

Ihre lila Unterhose flog quer durch das Wohnzimmer, nachdem sie ihren Venushügel entblößt hatte. Raphael nahm Lenas Beine auf seine starken Schultern und drang tief in sie ein, was Lena Marie leise aufschreien ließ. Nachdem er sich fordernd an ihrem Po festgeklammert hatte, nahm er sie kräftig und einfühlsam von hinten, um ihr Vergnügen mit seiner Zunge zu vervollständigen. Es war eine Nacht voller Abwechslung.

Als es langsam hell wurde, versuchte Raphael, sich heimlich in die Dusche zu schleichen. Doch Lena zog den Vorhang auf und erwischte ihn dabei. Sie kniete sich hin und verwöhnte Raphael oral.

Entspannt und erschöpft saßen sie am Frühstückstisch und waren sich einig, dass dies ein einmaliges Befriedigen ihrer Sehnsucht gewesen sein sollte. Kurz nach neun Uhr tauchte Raphael in der Werkstatt bei Sasha auf.

Sein Geschäftspartner sah ihm sofort an: „Na, eine kurze Nacht gehabt, Raphael? Hast wohl Lena Marie nach Hause gebracht."

Raphael grinste: „Ach, ich habe brav auf der Couch gelegen und ferngesehen."

Sasha lachte: „Haha, genau. Ich kenne dich doch. Na dann, lass uns mal an die Arbeit gehen, Meister."

Kapitel 10

Währenddessen in München versuchte Sabrina, ihr Leben an der Seite ihres noch-Ehemannes Edgar zu ertragen. Doch sie sehnte sich nach Raphael, mit jeder Faser ihres Körpers. Sie wusste nicht, dass Lena Marie mit Raphael eine Nacht verbracht hatte. Stattdessen wollte Sabrina in dieser Stadt einen Ausweg aus ihrer Ehe finden. Geld möge zwar glücklich machen und befreien, doch ihr Herz verlangte nach mehr. Da Raphael nicht zur Verfügung stand, suchte sie im Residenz Hotel am Jürgens Platz nach Petro, dem feurigen Spanier, der ihr vielleicht mit seiner flinken Zunge Abhilfe verschaffen konnte. Sabrina setzte sich an die Bar und bemerkte bald den kleinen Petro, dem sie mit einem Zeichen klarmachte, was sie von ihm wollte. Petro übergab ihr die Schlüsselkarte für das Zimmer im 6. Stock.

Sie kraulte ihn am Kinn und flüsterte ihm zu: „Lass mich nicht warten, kleiner Sexgott. Nimm mich schnell, ich brenne." Er drehte sich um, schaute und verschwand mit ihr im Aufzug. Sabrina drückte den Notknopf, klappte den Sitz runter und stellte ihr rechtes Bein hoch: „Jetzt nimm mich fest, nimm mich hart, oh Petro." Das musste sie nicht wiederholen. Er schob ihren nassen Slip beiseite und drang mit einem gewaltigen Stoß kraftvoll in sie ein. Nur zwei, drei Stöße an ihren knackigem Po reichten aus. Sabrina richtete ihre Kleider und ließ den Fahrstuhl hochfahren. Mit zitternden Händen versuchte sie die Tür zu öffnen. Sie warfen sich auf das noble Bett und Petro gab ihr all das, was sie vermisste. Körperlich ließ sie sich etwas verwöhnen, aber es war nicht dasselbe. Petro war nur ein Notnagel, aber das, was Raphael ihr geben konnte, war nicht vergleichbar. Sie ging erst einmal shoppen mit der Kreditkarte von Edgar. Doch was machte Raphael?

Als Raphael heute früh auf dem Hof seiner Werkstatt in Dormagen ankam und seine Maschine parken wollte, sah er Laura-Jane im Hof stehen, die auf ihn wartete. „Morgen, Laura-Jane, was verschafft mir die frühe Ehre?", begrüßte er sie. Sie erklärte ihm, dass ihr bester Freund Lorenz gestern bei ihr gewesen sei, als sie gerade von Tanja nach Hause gekommen sei. „Lass hören", sagte er. „Nicht hier, lass uns in das Café an der Ecke gehen", antwortete sie geheimnisvoll. Raphael witzelte darüber, warum sie sich so geheimnisvoll benehme. Dann offenbarte sie ihm etwas Seltsames: „Du, Lorenz scherzte nicht. Er brachte mir Bildmaterial, Bilder in dieser Sache mit Edgar." „Mache es nicht so spannend, Laura-Jane, lass mich sehen", sagte er. Sie übergab Raphael einen braunen DIN-A4-Umschlag und meinte: „Raphael, es wird dir nicht gefallen, was du da siehst.

„Ach was, ich habe ohnehin erwartet, dass mit diesem Edgar etwas nicht stimmt. Es war so und wird sich auch nichts ändern, egal was Lorenz herausgefunden hat. Sabrina ist nur ein Sexabenteuer, das langsam eh die Luft verliert", kommentierte Raphael, während er den Umschlag öffnete. Laura-Jane drängte ihn weiter: „Mach schon auf jetzt, Raphael." Sie bestellte einen Schnaps für ihn und sagte dem Kellner: „Du wirst den gleich brauchen."

Raphael nahm den Umschlag in die Hand und riss ihn oben auf. „Was ich da wohl nun gleich sehen werde?", dachte er.

Währenddessen planten Gabriela und ihre Nachbarn die anstehende Hochzeit mit Brian, der bald für einen 3-monatigen Sonderurlaub zurückkommen müsste. Gerade wegen der Hochzeit mit Gabriela. Brian hatte sich nun schon seit 4 Wochen nicht gemeldet, aber Gabriela machte sich keine wirklichen Sorgen. Sie wusste, dass er auf seiner Montage, wo er gerade arbeitete, rund um die Uhr beschäftigt war. Dennoch beschäftigte sie das ein wenig.

Gabriela würde Brian heiraten, das war geplant, und wenn er dann zurück war, würde das Glück greifbar sein. Sie fragte oft, ob er sich nicht versetzen lassen könne, um täglich zu Hause zu sein, aber das mochte Brian nicht in Erwägung ziehen. „Jedenfalls denke ich darüber nicht nach, bis die Hochzeit vorbei ist und wir nach Toronto ziehen", sagte er etwas genervt am Telefon, was nicht gerade romantisch klang.

Brian verabschiedete sich nach 5 Minuten: „Gabriela, ich muss wieder los. Lass uns nächste Woche reden. Mein Urlaubsantrag habe ich heute eingereicht."

Gabriela wollte noch anmerken, dass es vielleicht knapp werden könnte, bis der Urlaubsantrag auf seinem Schreibtisch in Santa Monica liegt, aber da war Brian schon weg. Gabriela war wieder in sich gekehrt.

Felix und sein Bruder Lukas bildeten ihren Lebensmittelpunkt, auch wenn die Teenager immer weniger zu Hause waren. Schule, Verein und Vorbereitungen für das Fußballcamp beschäftigten sie. Die Jungs hatten schon mehrfach mit ihrer Mutter darüber gesprochen, dass sie nicht wegziehen wollten, zumindest nicht nach Kanada in die riesige Stadt Toronto. Besonders Felix bemerkte oft die Einsamkeit seiner Mutter und fragte immer wieder, ob sie glücklich sei.

Gabriela teilte immer nur mit, dass es viel zu tun gebe und Brian viel arbeite.

„Felix, bevor wir nach der Hochzeit nach Kanada ziehen, werdet ihr 2 Wochen zu eurem Vater nach Deutschland fliegen, das ist wichtig. Ist das okay für euch?", fragte Gabriela ihre Söhne.

Wie sie insgeheim ahnte, rief Brian am Telefon am Samstag nicht an, sondern erst am Montagabend. Aber das, was er ihr kurz und bündig mitteilte, gefiel ihr gar nicht.

„Du, Gabriela, ich habe ein Anliegen. Du musst den Termin auf dem Standesamt verschieben. Sie können mich nicht in Urlaub schicken, das ist nicht machbar", sagte Brian.

„Aber Brian, unsere Hochzeit ist geplant, Gäste sind eingeladen, der Termin in der Kirche ist einen Tag später. Wie stellst du dir das vor?", sagte Gabriela ziemlich geknickt.

„Schatz, das wirst du schon hinbekommen. Wir müssen es verschieben, das geht nicht anders. Ich verspreche dir, in einem halben Jahr holen wir alles nach, versprochen. Ich liebe dich, du machst das, okay? Und fahre doch mit den Kindern nach Deutschland. Fahre nach Saarburg, während Felix und Lukas bei Raphael sind. Sei mir nicht böse", sagte Brian.

Gabriela fehlten die Worte. Das Gespräch brach ab, und sie konnte nicht einmal mehr etwas dazu sagen. Hatte er aufgelegt? Es blieb ihr nichts anderes übrig, als sämtliche Pläne über den Haufen zu werfen und gemachte Termine zu stornieren. Brian lag in einem Unfallkrankenhaus und hatte sich beide Beine verletzt, konnte nicht aufstehen.

Nicht gerade einfallsreich, aber irgendwas musste Gabriela ja sagen. Erst als sie allein zu Hause in Santa Monica war, liefen die aufgestauten Tränen über ihre Wangen.

1000 Fragen quälten sie: „Liebt er mich noch? Will er sich irgendwie von mir zurückziehen? Hat die immer öfter länger andauernde Fernbeziehung das Ende herbeigerufen?"

Oder hat Brian etwas mitbekommen von dem unerwarteten Besuch von Raphael? Fragen über Fragen, doch selbst die sexuelle Anziehungskraft zwischen Gabrielas Ex-Mann und die Zärtlichkeit von diesem konnten daran nicht schuld sein. Keiner, aber keiner wusste das?

Gabriela spielte die verschiedensten Szenarien vor ihren Augen durch, doch es half nichts. Mit einer Flasche Rotwein versuchte sie, sich zu beruhigen. Nur gut, dass ihre Jungs übernachteten bei einem Freund. Eines war für sie aber sicher: Wenn es doch zur Hochzeit kommen sollte, dann weiter weg, in eine fremde Stadt, in ein fremdes Land - das wird nicht geschehen. Das muss Brian akzeptieren. Es hat lange gedauert, bis die Kinder sich an die USA gewöhnten, Anschluss fanden. Zwar planten sie genau das Leben in Kanada, aber genauso genau hatte Gabriela auch die Hochzeit geplant. Momentan fragt sie sich jedoch, ob sie eine verheiratete Alleinerziehende sein will. Verständlich, dass sie nicht gerade erfreut ist über Brians Absage und das.

Sabrina hat sich in den Einkaufsstraßen, der Kaufingerstraße und Neuhauser Straße, ausgetobt, dank der Großzügigkeit ihres Mannes. Die Ehe, die schon lange nur noch auf dem Papier stattfand und zur Repräsentation diente, wurde langsam für beide immer unerträglicher. Sabrina sehnte sich, anders als Raphael, nach mehr, nach etwas Neuem. Sie könnte sich durchaus vorstellen, die zeitlich weniger gewordenen, aber dafür intensiveren Sexabenteuer mit Raphael auszubauen. Sie dachte oft an eine feste Bindung und auch an ihren Kaufrausch, der ja ohne Edgar nicht mehr gesichert sei.

„Wobei," grübelte sie, „Raphael besitzt eine gut gehende Werkstatt. Da wird der gut gebaute Mann (vor allem zwischen den Beinen) schon spendabel sein." Bei dem Gedanken an Raphaels Körper und seiner harten Männlichkeit leckte sich Sabrina über die Lippen, und ihre Schamlippen wurden allein bei der Vorstellung triefend nass. Doch einem Treffen stand eine

Vernissage in Luxemburg im Wege, die sehr wichtig für Edgar war. Er wiederum dachte sich: „Da ich schon mal in der Nähe von Saarburg zu tun habe, könnte man doch das Berufliche mit dem Vergnügen verbinden. Während sich meine Angetraute, die sie noch ist, hier von der Qualität der luxemburgischen Männerwelt überzeugen könnte." Mit diesen Gedanken an sein großes Geheimnis grinste er und räusperte sich.

Zeitgleich schüttete Raphael den gebrachten Schnaps die Kehle hinunter, um nun endlich den braunen Umschlag zu öffnen. Laura-Jane meinte: „Nun mach schon, Raphael, auf auf." „Ja, ist ja schon gut, du hast ja gesehen, was da drin ist!"

Dazu fügte sie hinzu: „Nein, das weiß ich eben nicht. Lorenz hat zwar davon erzählt, in welche Richtung das geht und sich vergnügt, dass es doch ganz lustig sei, aber…" Das Smartphone vibrierte, und Raphael überlegte einen Bruchteil einer Sekunde, ob er drangehen sollte. Der Anrufer war Gabriela Vogler. „Moment, Laura-Jane, da muss ich ran." Laura-Jane ging rein und bestellte sich ein Starkbier und einen Kurzen. Grinsend wartete sie an der Theke, darauf bedacht, dass Raphael mit seiner großen Liebe Gabriela in Ruhe quatschen kann. Sie hatte ja keine Ahnung, was ihre Cousine ihm zu sagen hatte. Die junge Rothaarige, die ihr das Bier und den Kurzen vor die Nase stellte, sagte mit rauchiger Stimme: „Lass es dir schmecken, Süße," und zwinkerte Laura-Jane zu. Raphael schien länger mit Gabriela zu sprechen. Laura-Jane verwickelte sich in ein Gespräch mit der

jungen Bedienung. „Ich heiße übrigens Luna. Und
du?" Laura-Jane lachte. „Mich kannst du Laura nennen. Bist du neu hier? Habe dich noch gar nicht hier
stehen sehen. Du wärst mir schon aufgefallen, obwohl
ich eigentlich äußerst selten hier rein gehe. Das wird
sich nun gewiss wieder häufiger einstellen." Laura-
Jane dachte: „Oh, was labbere ich denn für eine
Schnulze daher?" Doch Luna schien es zu gefallen. Sie
erzählte: „Nein, ich bin anfangs nur als Ferienaushilfe
zum Kellnern gekommen. Nachdem die Barfrau mit
einem dicken Bauch gekündigt hat, wurde ich gefragt,
ob ich Interesse hätte. So habe ich eben 3-4 Tage die
Woche einen lockeren, abwechslungsreichen Job."
„Ich arbeite in dem Drogeriemarkt am Rathaus, aber
in 4 Wochen habe ich einen verantwortlichen Posten
als Filialleiterin, aber in Köln." Zwischen den beiden
war ein gewisses Kribbeln, und während sie sich unterhielten, schauten sie sich auf eine gewisse Art an.
Luna wurde von Laura-Jane regelrecht ausgezogen.
Nach 30 Minuten überzeugte Laura-Jane sich, dass
Raphael nicht einfach eingeschlafen war. Gabriela
konnte ohne Luft zu holen reden, reden. Doch am
Tisch, wo sie zusammen mit ihm über Lorenz' Recher-
chen plauderten, lag ein Zettel: „Bin mal kurz um den
Block laufen. Gabriela und ich sind noch am Unterhal-
ten. In spätestens einer halben Stunde bin ich da,
Laura-Jane. Trink einen Kaffee auf mich. Gruß,
Raphael."

Mittlerweile waren Laura-Jane und Luna die einzi-
gen im Café.

Da der Kellner Pause machte und sich verabschiedete, um sich einen Döner bei Arsat zu gönnen, konnte die junge Thekenfrau den Blick nicht von Laura-Jane lassen. Irgendwie fanden sich die beiden ganz reizend. Nach einem Gespräch über Gott und die Welt musste Laura-Jane mal auf die Toilette. Entweder war ihre Blase wirklich voll, oder es kribbelte in ihrem Unterleib, und alles sehnte sich nach Luna.

„Sag mal, wo sind hier die Toiletten? Ich muss mal für kleine Mädchen", fragte Laura-Jane.

Die Rothaarige Luna kam um die Theke herum und zeigte mit ihrer kleinen Hand: „Da hinten rechts. Du musst durch das Lager durch, der Flur bekommt gerade einen neuen Bodenbelag. Warte, komm einfach mit."

Und Laura-Jane folgte ihr. Luna verschwand im Damen-WC und drehte das Schild auf vorübergehend geschlossen um, nachdem ihr Kellner nach dem Dönerimbiss gleich in den Großmarkt fahren wollte.

Keine fünf Minuten später zog sich Laura-Jane den Lippenstift nach und machte sich frisch. Sie wollte zurück zu Raphael, falls er nicht immer noch am Telefon mit Gabriela war. Sie fragte sich kurz: „Die ist ja schon ganz schnuckelig, ob sie auch Frauen mag. Bin ich Tanja etwas schuldig?"

Weiter konnte sie nicht denken. Sie lief an einer alten Couch vorbei, auf die sie sich ohne Widerstand von Luna herunterziehen ließ. Raphael war noch im angrenzenden Park. Er hatte so viel zu reden, bzw. Gabriela hatte sich förmlich ausgeweint. Wie gerne wäre er bei ihr, in Santa Monica, um sie zu trösten.

Drinnen berührten sich die beiden Frauen vorsichtig mit den Lippen, um dann in leidenschaftliche Ekstase zu verfallen. Sie zogen sich schnell aus, während sie sich knutschend ihrer eh wenigen Kleider entledigten. Laura-Jane spielte mit Lunas kleinen Brüsten, deren braune Warzen sofort spürbar hart wurden.

„Öffne deine Beine, Luna, ich will dich schmecken, ich will dich inhalieren."

Das brauchte sie nicht nochmal sagen. Laura-Jane liebkoste ihren jungen Körper mit ihrem Mund, rund um die Vulva, um letztendlich, behutsam mit ihrer Zunge in ihre Vagina einzudringen. Laura-Jane hatte sofort Lunas G-Punkt zum überkochen gebracht. Zum Glück war niemand im Café. Luna schrie jeden Orgasmus laut hinaus. In der praktischen 69er Stellung liebkosten sich die beiden und schafften es kaum voneinander zu lassen.

Als sich Luna und Laura-Jane ihre Kleider zurechtzupften, pressten sie ihre Lippen erneut aufeinander in der Toilette, bevor sie sich frischmachten.

„Wow, Luna du hast es aber drauf. Ich habe gleich gerochen, wie deine Vagina feuchter und feuchter wurde."

Leider konnten sich die beiden schwer auf ihren Lippenstift und die Schminke konzentrieren. Luna rieb Laura-Janes Busen von Hinten. Diese setzte sich auf das breite Waschbecken und Luna bekniete sie förmlich und küsste ihre Spalte um den Verstand.

Auf der Couch hatten sie sich nochmals verausgabt. „Wie lange hattest du keine Freundin?", fragte Laura-

Jane. „Freundin? Ich habe bisher nur Männer aus meinem Bett gekickt. Aber dich habe ich gesehen, am liebsten hätte ich dich da schon gleich, ohne das Weltgespräch, vernascht. Ich sah dich und es überkam mich, ich hatte noch nie mit einer Frau Sex gehabt." „Echt jetzt? Dafür war es der Himmel auf Erden. Denk mal dran, die Seiten zu wechseln." Luna grinste, kniff Laura-Jane in den knackigen Po und sagte: „Wenn das so großartig ist, dann zählt für mich in Zukunft lieber bi als nie."

Nachdem das Schild wieder richtig herum auf „geöffnet" stand, ging Laura-Jane zu ihrem Begleiter, der inzwischen zurückgekehrt war, aber ziemlich niedergeschlagen aussah. Er hatte gerade aufgelegt und nicht nachgefragt, was Laura-Jane in den letzten 30 Minuten gemacht hatte. Er war sichtlich bestürzt darüber, wie schlecht es seiner Gabriela ergangen war. Er wäre am liebsten sofort nach Santa Monica gefahren. Dass sie nicht heiraten und dies auch nicht getan haben, freute ihn einerseits. Aber dass sie leidet und er es hinnehmen muss, das gefiel ihm überhaupt nicht. Laura-Janes Cousine erzählte ihm, was in den USA passiert war.

Für Laura-Jane war klar, sie wollte Gabriela nicht allein lassen. Der Posten als Filialleiterin würde eh erst in 4 Wochen beginnen. Raphael ließ es sich nicht nehmen und kaufte gleich online ein Ticket für Laura-Jane. Zusammen fuhren sie erst einmal in sein Loft, und keiner verschwendete ein Wort über Lorenz' Ergebnisse und den braunen DIN-A4-Umschlag.

Dafür bestand jetzt keine Dringlichkeit. Am nächsten Morgen fuhr er Laura-Jane zum Flughafen Köln-Bonn. Danach machte er sich auf den Weg zu seinen Leuten nach Saarburg. Sicher war der Umschlag im Handschuhfach verstaut. Gabriela informierte er darüber, dass ihre Cousine zu ihr unterwegs sei.

Mit seinem Seesack mit Wechselwäsche im Gepäck machte er sich auf den Weg nach Saarburg. Doch nicht so, wie sich vielleicht jemand vorstellte, nackt auf dem Motorrad über die Autobahn düsend. Aber er hatte seinen Seesack beim letzten Besuch in seinem Zimmer gelassen.

Mit seinem immer noch knackigen Erscheinungsbild fuhr er dem kleinen Weinort Saarburg entgegen, seiner geliebten Heimat in Rheinland-Pfalz. Wolfgang und seine Onkels freuten sich schon sehr. Raphaels kleine Werkstatt-Liebschaften waren wie er in eine reifere Zeit hineingewachsen. War er doch der sexdolle Jüngling, zu der Zeit, als die tropfenden Ehefrauen bei IHM Schlange standen. Bei seinen Gedanken an diese Sexzeit dachte er: „Oh Gabriela, wie oft habe ich versucht, mit einem feuchten Schäferstündchen mit der ein oder anderen heißen, vernachlässigten Frau mein Herz von dir wegzureißen."

So viele Jahre waren vergangen, und wenn Raphael sich die Mühe gemacht hätte, jeden einzelnen One-Night-Stand aufzuschreiben, müsste er sich ungläubig schütteln.

Pünktlich zum Abendkaffee im Garten knatterte Raphaels gepflegte Maschine in die Schiller-Allee ein!

„Schön, dich auch mal im Lande zu sehen, Onkel Oliver. Jedes Mal, wenn ich Heimweh hatte, warst du auf Staubsaugerverkauf."

Onkel Oliver grinste und dachte: (Warum wird Raphael früher als gedacht davon erfahren?)

„Komm her, mein Junge, lass dich drücken. Jetzt hat es ja funktioniert."

Sein etwas älter gewordener Junge von einst musste fragen: „Sag mal, was machst du, dass du dich so jung hältst? Kannst du mir das verraten? Du wirst ja gar nicht älter." Lobte Raphael und pflanzte sich auf seine alte Ledercouch, um einen guten Heimatkaffee zu genießen.

Nach guten Gesprächen und mehr als ein paar Bier und alkoholfreien Gin-Tonic, aber dann doch eher ohne alkoholfrei am Schluss, versammelte man sich im Haus. Als Raphael in seinem Zimmer verschwand und sich auf sein quietschendes Bett fallen ließ, überkam ihn ein lang in ihm loderndes Gefühl.

„Guten Morgen, mein Sex-Gott, da bist du ja. Solange habe ich auf dich gewartet, Raphael. Wolltest du nicht zu mir in die Wanne steigen?"

Flüsterte Gabriela zu Raphael in einem verführerischen Ton. Sie lockte ihn mit dem Zeigefinger ins Badezimmer, und der noch halbschlafende, verwirrte KFZ-Schrauber konnte und wollte dem süßlichen Duft aus der Mischung ihres Parfüms und der stark verrücktmachenden Körpernässe nicht widerstehen.

„Gabriela, wo kommst du her? Laura-Jane ist doch bei dir? Was ist passiert, warum?"

Gabriela legte ihm den Finger auf die Lippen und flüsterte: „Pssst, frag nicht, lass es zu."

Raphael zitterte und vibrierte und spürte, wie sein kleiner Mann ganz groß wurde. Jede Berührung löste bei den beiden eine Explosion aus. Gabriela zerriss seine Boxershorts und kniete sich zwischen seine Beine. Der kleine Raphael war zu seiner vollen Pracht aufgestellt, und sie umschloss mit ihrem Mund langsam, ganz langsam seine Männlichkeit.

„Wie sehr ich dich vermisst habe, Gabriela. Ich habe mich nach dir verzehrt."

„Du sollst nicht sprechen, mein Schatz. Lass uns das Feuer dieser Nacht spüren. Nimm mich jetzt, fülle mich ganz aus und lass mich deine Hitze tief in meinem Unterleib spüren."

Er wusste nicht, wie oft Gabriela unter ihm geschrien hat und es sie in einer Reihe von Orgasmen zerrissen hat. Raphael musste sich zum Atmen auf den Rücken legen. Er wusste gar nicht, wie er ohne sie leben sollte.

Sie liebkoste, was ging, züngelte und küsste sein bestes Stück, um ihn wild geworden zu reiten. Immer und immer wieder fiel sie auf seinen Körper nieder. Sie saugte Raphael regelrecht aus. Sie schworen sich ewige Liebe und dass niemand sie je mehr trennen könne.

Fix und fertig schliefen sie Arm in Arm ein. Das Zimmer roch nach Körperflüssigkeiten. Als das Klingeln eines Mobiltelefons Raphael aus dem Schlaf holte, meldete er sich: „Ja, Vogler! Was gibt's?"

Am anderen Ende sprach eine zarte Stimme: „Wie 'uns'? Raphael, bist du nicht allein? Ich wollte mich nur bedanken, dass du Laura-Jane geschickt hast. Hörst du?"

Ein paar Sekunden brauchte er, um klar zu kommen. „Gabriela, bist du das? Warum rufst du an? Bist du bei Wolfgang und den anderen drüben?"

Gabriela verstand nur Bahnhof: „Hääää, wo drüben? Ja, drüben in den USA. Hast du was geraucht? Laura-Jane ist gestern Nacht angekommen. In meiner Lage war das eine großartige Idee. Hallo? Hast du unser Telefongespräch vergessen?"

Jetzt hatte Raphael den Zusammenhang. Gestern nach den wohl viel zu vielen Gin Tonics hatte er von einem heißen Sextraum mit Gabriela geträumt. Schade, dass es nicht real war. Er antwortete: „Nein, alles okay, ich habe kaum geschlafen und bin noch nicht wach. Muss gleich unter die Dusche. Wie ist es dir ergangen die letzten Stunden? Konnte dir Laura-Jane etwas Trost geben? Wie geht's den pubertierenden Jungs?"

Gabriela plauderte weiter mit Raphael, während Laura-Jane wohl unten frische Brötchen holte. „Ich muss jetzt richtig wach werden. Richte Laura-Jane liebe Grüße aus und den großen."

Das musste er erst einmal richtig verdauen. Der Traum, das Gefühl von dem wundervollen Sex mit Gabriela - es fühlte sich so echt an. Es war unglaublich, dachte er sich. In der Schiller-Allee wurde viel über das Leben in der Weinstadt gesprochen. Raphael besuchte mit Oliver seine ehemalige Werkstatt.

Helmut war noch genauso wie früher, nur dass ihm vorne rum die Haare ausgingen.

„He, Raphael, du kommst auch noch dran. Setzt euch rein, jetzt gibt es erst mal einen starken Kaffee. Und Oliver, wo hast du eigentlich E...“, fing Helmut an, bevor der jung gebliebene Oliver ihm vors Schienbein trat. „Oh, Helmut, das war ein Krampf, sorry.“

Er wusste sofort, was gemeint war. Raphael wollte auch nicht nachfragen, was das eben gewesen sein sollte. Der Tag, durch alte bekannte Lieblingsorte, vor allem Theken, an denen er immer gerne gesehen wurde - solange er nicht würfelte und eine Runde nach der anderen rausholte -, ging dem Ende zu. Nach einem deftigen Chili con Carne und einem nicht allzu spannenden Fußballspiel in der Schiller-Allee ging es für die Männer ins Bettchen.

Während in Saarburg der Tag so aussah, hatten Gabriela, Laura-Jane und die Jungs sich bereits früh hergerichtet. Sie machten sich auf den Weg zum nahegelegenen Vergnügungspark Pacific Park am Pier.

Am Abend beim Grillen und einer leckeren Flasche Rotwein aus eigenem Anbau saßen die Männer aus der Schiller-Allee beisammen. Raphael sagte: „Jetzt, wo wir so schön beisammensitzen, ist es wunderschön, euch alle zu sehen, vor allem dich, Onkel Oliver, habe ich lange nicht mehr gesehen. Aber mich zieht es woanders hin. Dieser Sehnsucht sollte ich jetzt gleich nachgeben. Versteht ihr?“

Wolfgang hob das Weinglas: „Trinken wir auf Opa Willi. Er hätte jetzt laut gelacht, Raphael, und gesagt: 'Mach dich auf zu Gabriela, worauf wartest du noch?'„

Am nächsten Morgen, als die Sonne leicht hinter den Weinbergen aufging, schob Raphael seine Maschine aus der Garage, schwang seinen nach Sex schreienden Körper auf den Ledersattel und drehte das Gas auf. Er fuhr auf die A1 nach Köln-Dormagen, um seinen Rollkoffer zu packen. Gabriela und Laura-Jane wussten bislang nichts von seinem Vorhaben. Es klingelte, Raphael dachte: „Oh, da ist ja schon das Taxi. Dann bis bald, mein Wohlfühl-Loft!"

Raphael öffnete die Tür mit dem Rollkoffer in der Hand. Doch es war kein lustiger Taxifahrer mit Schlapphut, sondern Lena Marie, die weinend vor ihm stand. „Raphael, darf ich reinkommen?"

„Aber sicher doch, was ist passiert?", fragte Raphael besorgt.

Lena Marie berichtete unter Tränen, dass ihr verlassener Ex-Mann sie zurückholen wolle und es nicht erlaube, dass sie sich trenne. „Er hat mich festgehalten und gesagt: 'Lena Marie, ich habe dich geheiratet, und du gehörst mir, hörst du? Du kannst es nicht und ich lasse es nicht zu, dass du dich von mir trennst. Niemand entfernt sich von mir, klar, du Schlampe?'„

Sie schluchzte, und Raphael nahm sie ganz sanft in seine starken Arme. „Wo ist der Mann? Ich werde ihm Zucht und Ordnung beibringen. So geht man nicht mit einer Frau um." Lena Marie bat ihn, es nicht schlimmer zu machen, und erzählte, dass sie ihre Sachen holen und nach Los Angeles zu ihrer Freundin Page fliegen wollte, die sie dort kennengelernt hatte.

Wortlos knallte Raphael die Tür zu. So schnell konnte Lena Marie nicht schauen.

Er sprang in den Jeep, der im Hof stand, und ließ die Reifen quietschen. Währenddessen legte sie sich auf Raphaels Bett und telefonierte mit Page in Los Angeles:

„Ich bin noch in Köln, Page. Heute Nacht werde ich es geschafft haben und mich endgültig von dem Tyrannen losgerissen haben. Schatz, ich werde mit dir etwas ganz Neues anfangen, meine Entscheidung steht. Der Raphael, den ich im Rückflug kennengelernt habe, wird mir helfen. Mach dir keine Sorgen."

Dass Lena Marie zu Page flüchten wollte, wie Raphael sie in diesem Augenblick am Strand nannte, als sie wild herumknutschten, das konnte er ja nicht erahnen.

Er war mit seinem Jeep, etwas schneller als erlaubt, in Köln-Ehrenfeld angekommen, immer noch ziemlich sauer, stinkig darüber, dass Anska es gewagt hatte, die zierliche Lena Marie zu schlagen.

Er klingelte, der von sich überzeugte Mann öffnete mit den Worten: „Da bist du ja, du Abschaum, Lena." Ohne ein Wort flog Raphaels Faust mit aller Wucht auf Anska's Nase.

„Abschaum? Wer? Du bist der letzte Abschaum! Was du gemacht hast, geht ja mal gar nicht." Er nahm im Schlafzimmer die beiden Koffer und schloss mit Gefühl die Tür, die dabei aus der Verankerung gerissen wurde. Das war nicht Raphaels Art, Gewalt auszuüben, aber Anska hatte es verdient, mehr als verdient. Er ließ den Snob mit seiner blutigen Nase oben und machte sich wieder auf den Weg zu seinem Loft und Lena Marie.

Das Schloss aufgedreht, hörte er Lena Marie immer noch leise weinen. Sie sehnte sich so sehr nach Page, ihrem anfänglichen Urlaubsflirt. Sie ging davon aus, dass es nur ein Ablenkungsmanöver war, das Abenteuer mit ihr, aber trotz der heißen Nacht mit Raphael entwickelte sich eine tiefsitzende Liebe zwischen Lena Marie und der feurigen Page aus den USA!

„Geht es dir wieder, Lena? Kann ich noch irgendetwas für dich tun?"

„Was hast du gemacht, Raphael?"

„Nur deine Koffer geholt und ihm gesagt, dass man eine Frau nicht schlägt, aber meine Hände mache ich mir nicht schmutzig", log Raphael. Sie wird es ja nicht mitbekommen. Raphael erkundigte sich:

„Wo geht's hin? Mach dich doch frisch, ich habe das Taxi abbestellt. Ich fahre mit dir zusammen zum Flughafen, ich will, muss zu meinen Kindern fahren, die mittlerweile zu Teenagern herangewachsen sind."

„Wie, wir fahren gemeinsam? Ich will und werde zu Page fahren beziehungsweise fliegen. Wir werden uns ein neues, schöneres Leben aufbauen."

Neugierig fragte er:

„Wo hast du sie denn aufgegabelt? Gründet ihr eine Frauen-Power-WG?"

„Ach was, ich habe sie im Urlaub, als wir uns kennenlernten, getroffen. Es hat am Strand sofort gekribbelt, hat sich richtig angefühlt. Fünf Tage bevor ich wieder zurückgeflogen bin. Und dann habe ich dich kennengelernt. Du hast mir viel gegeben und meine Seele gestärkt. Danke, Raphael."

Verwirrt fragte er nach:

„Aber jetzt mal Butter bei die Fische, etwa die blonde Schlanke mit den langen Beinen, mit der du rumgeknutscht hast?"

Lena Marie konnte wieder lachen und guckte verdutzt:

„Hast du uns gesehen, wann, wie, wo?"

„Wir waren am selben Strand und das sah einfach anschaubar aus in dem Moment. Ich dachte mir, wie schade, dass solche Frauen nicht auf dem Männermarkt zu treffen sind. Aber dass ihr jetzt? Hammer Schicksal. Wenn es mich doch auch so glücklich treffen würde. Auf jeden Fall war es mit dir eine schöne, unvergessene Nacht, und ich werde dich nicht vergessen. Wir fliegen mit derselben Maschine, und Gabriela, Felix und Lukas wohnen im selben Ort. Wenn das nicht was zu bedeuten hat."

Lachend nahm er Lena Marie mit seinen breiten Schultern in den Arm:

„Dusch dir die Tränen aus dem Gesicht, lass uns in eine neue Zukunft fliegen, zumindest du."

Die junge Dame sagte zu Raphael:

„Was kann ich für dich tun? Wie kann ich dir danken für den seelischen Beistand die letzten Monate."

„Werde glücklich, und wenn es diese Page sein soll, Hauptsache, dein Herz fühlt sich wohl. Wenn ich mich recht erinnere, an den Tag am Strand, war es eine ziemlich heiße Frucht, und wer so küssen kann, dass ich mich fix auf den Bauch legen musste, der ist ein Hit."

Er lachte herzhaft und ging in die Küche, um für einen Abschiedsdrink zwei „Sex on the Beach" zu mixen.

Lena Marie lief mittlerweile nackt zu ihm in die Küche und gab ihm einen feuchten Kuss auf den Mund.

„Gib schon her meinen Sex on the Beach", sie leckte verführerisch über den Glasrand und griff ihm beim Leeren des Cocktails zwischen die Beine. Unter seiner Hose wurde es mächtig eng.

Sie zog ihn an der Hand in das Bad und flüsterte: „Komm, lass mich zum Abschied nochmal deine harten 19cm spüren, du willst es doch auch, Raphael."

Lena Marie stellte sich rücklings in die Dusche, seine Finger suchten die tropfende Stelle, die er nun schnell und kräftig ausfüllen wollte. Er warf sie auf sein rundes Bett, um die Reihe ihrer Orgasmen zu vervielfältigen. Lena Marie öffnete sich ganz weit, legte ihre Beine auf Raphaels Schultern, und er konnte so ganz tief ihr sexuelles Feuer spüren, sein weißes Lava in sie ergießen lassen.

Sie setzte sich vorsichtig und doch fordernd auf seinen Mund, aus dem sich seine lange Zunge schlängelte. Erst um ihre Schamlippen, um dann zu schmecken und zu spüren, wie sich ihre Mitte zusammenzieht, und Lenas Schreie musste man bis zum Mond hören. Sie revanchierte sich und küsste erst langsam und dann immer schneller seine pulsierende Männlichkeit, die sie regelrecht einsaugte, bis er seinen süßen, warmen Geschmack in ihrem Rachenraum verteilte.

Die beiden versuchten, sich so gut es ging, zu duschen, um den nächsten Flug nach Los Angeles zu bekommen. Nach wiederholten Sexspielchen, bei denen das kalte Wasser schier von allein heiß wurde und die Duschkabine nach Schweiß und Vulvaflüssigkeit roch, schafften sie es endlich, sich anzuziehen. Sechs Stunden später befanden sie sich wie geplant im Taxi auf dem Weg zum Flughafen Köln-Bonn.

Da sie den eigentlichen Flug aus verkehrstechnischen Gründen verpassten, ebenso wie die beiden Folgeflüge, bezahlte Raphael großzügig zwei First-Class-Flüge. In Los Angeles gelandet, am frühen Abend, setzten sie sich in das Café, das sie schon im Frühsommer besucht hatten, um auf Page zu warten, die sie im Flugzeug informiert hatten. Raphael wollte zwar nicht neugierig sein, aber Page hatte im Airport-Hostel zu Abend gegessen nach einem Shopping-Nachmittag.

Die Freude zwischen den Frauen, Lena Marie und ihrer neuen Lebenspartnerin Page, war groß und vorsichtig intensiv. „Also, du bist also der gute Freund, der sich um Lena bemüht hat, dass es ihr besser geht, bis sie den Tyrannen endlich loshatte, Raphael", sagte Page in einem süßen Deutsch/Englisch. „Wie ich hörte, wohnen deine Jungs auch in Santa Monica. Wenn du hier bist, musst du uns unbedingt besuchen, okay?"

Nachdem Raphael um das Handy gebeten hatte, auf dem immer wieder SMS von Anska ankamen, riss er die SIM-Karte heraus und schenkte Lena Marie ein nagelneues Samsung Galaxy mit einer neuen, Anska unbekannten Nummer. Als guter Freund für alle Lebenslagen fuhr Raphael mit den verliebten Frauen Lena Marie und Page mit dem Big Blue Bus nach Santa Monica. Am Wilshire Boulevard verabschiedeten sie sich herzlich, und Raphael versprach, dass sie sich bestimmt wiedersehen würden. Immerhin bliebe er ja sicher zwei Wochen, und Santa Monica sei nicht so riesig wie Dormagen.

Von weitem sah er Felix und Lukas, die mit Laura-Jane ankamen. Seine Kleinen – Kleinen war gut, Felix war Raphael fast über den Kopf gewachsen. „Was macht eure Mutter? Wo ist sie? Geht's ihr gut?", fragte er.

Papa", bemerkte Lukas, „Mama ist zuhause, chill mal."

Die Jungs fuhren mit ihren E-Rollern den Boulevard hoch, was Raphael nutzte, um Gabriela's Cousine zu fragen, wie es seiner großen Liebe geht: „Sag mal, wie sieht's aus? Konntest du sie etwas ablenken? Rede doch mal."

„Raphael, sie haben schon zweimal eine Stunde telefoniert. Brian will nicht, dass Gabriela geht, weder zurück nach Deutschland noch weg aus Santa Monica. Er hat Gabriela zuliebe auf den Job in Kanada verzichtet. Lass uns erst mal ins Santa Monica Suites Hotel gehen und deinen Jetlag überstehen."

„Du hast recht."

Raphael versprach den Jungs, dass er morgen früh gleich da sein würde und für Mama da sein würde. Laura-Jane kniff ihm in die Seite und flüsterte: „Wenn sie das will." Hier ist ihre Sprachnachricht:

„Laura, er hat aufgelegt. Ich bin verwirrt. Einerseits wollte ich zurück nach Saarburg, andererseits wollte ich Felix und Lukas nicht ihr Zuhause, ihre Freunde nehmen. Wer sagt mir, dass Brian sich ändert? Ich wollte nicht mehr allein sein. Laura-Jane, welche beschissene Entscheidung sollte ich treffen?"

Erschöpft und sichtlich berührt war er. Raphael stellte sein ganzes Leben in Frage: „Laura, hätte ich Gabriela nicht aufgeben sollen? Wäre ich ihr doch nachgezogen. Mehr gekämpft, mehr getan."

„Ach was, Gabriela wollte weg, sie wollte hier leben. Du hast nichts falsch gemacht. Auch deine Sexspiele waren mit Gefühl verbunden. Das war eben deine Art, mit dem Trennungsschmerz umzugehen. Du hast sie weder betrogen noch deine Liebe zu ihr verraten. Ok, du hast dein Gefühl verdrängt und dich irgendwie betrogen, aber dein Leben in Frage zu stellen? Das ist der falsche Weg. Mach mal die Augen zu, sammle dich, komme zur Ruhe, und Gabriela sieht, dass du in schweren Zeiten das sein wolltest. Das ist wichtig. Rede morgen mit ihr."

Laura-Jane ging mit Gabriela am Strand spazieren. Sie trafen auf ein Liebespaar, und Laura-Jane bemerkte das Unheil. „Lena Marie, bist du das? Schön, dass du hierhergezogen bist. Ich hoffe, du lebst dich gut ein."

Ungläubig schaute sie Laura-Jane an und ließ sich nichts anmerken, dass auch sie Gabrielas Cousine erkannt hatte. „Oh mein Gott, was spielt hier das Schicksal für ein komisches Spiel", dachte sich Laura. Sie musste Raphael davon berichten, bevor er es morgen oder in den nächsten Tagen auf die harte Tour erfahren würde.

„Raphael, bist du wach? Hallo, hörst du mich?"

„Ja, was ist los? Ich dachte, ich versuche meinen Jetlag loszuwerden."

Laura-Jane begann: „Du wirst es nicht glauben, aber weißt du, wer mit Gabrielas ehemaliger Nachbarin zusammen ist?"

„Wenn du Lena Marie meinst, das weiß ich bereits. Wir sind schließlich zusammen hierher geflogen, und in Dormagen kam es auch nochmal zu einem Zwischenfall im Loft, trotz ihrer Beziehung zu Page. Dass sie hier im selben Ort wohnen, ist mir bekannt, aber dass Gabriela sie kennt? Nun ja, Lena wird das bestimmt für sich behalten. Und selbst wenn Gabriela es erfahren sollte, bin ich Single. Ach Scheiße", murmelte er, als er feststellte, dass das nicht ideal war.

Jeder schwieg darüber, dass Lena eine seiner Bettgefährtinnen war. Es blieb ein Geheimnis zwischen Gabriela und Lena Marie. Raphael wollte nicht, dass die Mutter seiner Söhne davon erfuhr. Warum auch? Es wäre nur unnötig kompliziert geworden. Der ewig jung gebliebene Saarburger hatte sich damit arrangiert, dass Gabriela sich nicht überstürzt von Brian trennen wollte, und die Tatsache, dass er beschlossen hatte, nicht nach Kanada zu ziehen, machte es ihr und seinen Kindern leichter. Dass der heimliche Wunsch einer Wiederzusammenführung somit hinfällig war, verletzte ihn ziemlich, was in der Situation jedoch klar war. Er ließ nichts davon durchsickern, und am nächsten Tag erwartete seine Exfrau ihren Brian.

Kapitel 11

Nach dem gemeinsamen Frühstück liefen Raphael und Laura-Jane zum Bus, der sie zurück zum Flughafen Los Angeles bringen würde. „Da kommt der Blue Liner", sagte Raphael erleichtert, dass er dieser Situation entkommen konnte. Sie machten eine letzte Runde Gruppenumarmung. Gabriela umarmte kurz ihren Exmann und gab ihm einen Kuss auf die Wange.

Was dem gerade ausgestiegenen Brain nicht verborgen blieb, versuchte er zu übersehen. Jeder der Anwesenden wusste, was für einer Brain mit seiner Eifersucht war. Jedoch wartete der Bus nicht, und mit einem heftigen Magenkribbeln ließ er seine Gabriela und die Jungs allein zurück. Eine Todesstille war von Raphael ausgegangen. Er nickte nur, wenn Laura-Jane etwas sagte. Sie hielt seine Hand die ganze Zeit. Sie konnte mitfühlen, er war nach jedem Besuch so anders. Nur diesmal? Irgendwie kam es ihm vor, als hätte er sie und die Kinder erneut verloren.

Am Deutzer Bahnhof verabschiedete er sich von Laura mit den Worten: „Fahr du mal heim, wir sehen uns, aber ich muss mich in den Plauderkessel setzen, etwas runterkommen." Er versprach Laura, dass er nicht zu tief ins Glas schauen würde. Der Wirt schenkte ihm, wie üblich, ein offenes Ohr, auch wenn er nicht alles verstand. Immer noch verwirrt, orderte er sich ein Taxi, um in sein neues Loft zu fahren. Auf halber Fahrt sagte er dem Fahrer: „Lass die Uhr laufen, halte an dem gelben Haus an." Er setzte sich auf die Stufen des Eingangs ihres einstigen Hauses. Seine goldene Zeit mit Gabriela hatte er hier verbracht.

Im Loft angekommen, drückte er auf den Anrufbeantworter: „Na, mein geiler Hengst, bist du zuhause? Ich vermisse dich, und mein Körper schreit nach dir." Diese Nachricht und gut zehn ähnliche blockierten das Band. Ohne abzuhören, tippte er auf Löschen. Es war alles zu frisch, und sein Leben aus Sexaffären und das Gefühlschaos schienen ihm diesmal richtig zuzusetzen. Nachdem er sich aus der Dusche bewegt hatte, klingelte es: „Raphael Vogler, Gabriela, bist du das?" „Nein, muss dich enttäuschen, ich bin es, dein leckeres Kälbchen, Sabrina." Er knallte das Mobilteil unsanft in die Ladestation und warf sich auf sein rundes Bett. So kannte man ihn gar nicht, denn immer charmanten Jüngling.

Dass sich Gabriela entschieden hatte, doch bei Brain zu bleiben, hatte ihn vollkommen aus der Bahn geworfen. Ganze 15 Stunden hatte er abgeratzt. In Gedanken: Einen Liter Kaffee, eine kalte Dusche, und dann werde ich meine Welt wieder geraderücken, hatte er sich stark vorgenommen. In München hatten sich derweil Edgar und Sabrina weiter emotional entfernt. Ohne sich zu vergewissern, was seine noch Angetraute vorhatte, war er ohne ein Wort aus dem Hotel verschwunden. Lediglich ein Zettel lag nach dem Empfangsmarathon der Tage hinterlassen.

„Ich bin geschäftlich unterwegs, warte nicht auf mich."

Laura-Jane hatte ihren einstigen Schwager am Telefon gut zugeredet. „Komm doch rüber, bring ein paar Brötchen mit, ich mache dann auch heiße Eier."

„Aber Raphael, am frühen Morgen, echt jetzt?" Versuchte sie, die angespannte Situation zu entspannen. Kaum war sie nach vier Stunden aus dem Loft gegangen, klingelte es erneut, woraufhin er in die Sprechanlage sagte: „Hast du etwas vergessen, Laura?" Und drückte aus, ohne die Antwort abzuwarten.

Er zog sich sein T-Shirt an, als ihm die Augen verbunden wurden. „Laura-Jane, was machst du? Musst du nicht zum Einstellungsgespräch nach Köln?" „Jetzt bin ich aber enttäuscht. Heute Morgen Gabriela, und jetzt, wo ich hergefahren bin, um dich endlich mal wieder zu sehen, erwartest du eine Laura-Jane?"

Diese Stimme erkannte er auch mit verbundenen Augen.

„Sabrina, was machst du denn hier?"

„Freust du dich gar nicht über meinen spontanen Besuch? Habe ich dich gestört?"

„Ach was, ich freue mich, dich zu sehen. Nur ganz überrascht. Laura-Jane kennst du ja, und wir sind auch erst aus Amerika gekommen."

Sabrina nahm ihn ganz fest in den Arm und versuchte, ihre Lippen auf seine zu pressen. Was ja auch bei einer Begegnung mit ihr sofort in heiße Leidenschaft ausartete. Sie war so tropfnass und verspürte dieses innere Verlangen, dass Raphael sie so richtig mit seinem knochenharten Schwanz ausfüllen müsse.

Sie hauchte ihm ins Ohr: „Endlich finde ich die Erfüllung in deiner Begierde, nimm mich bitte." Teilnahmslos ließ er es auch zu, dass sie ihm seine Hose in die Knie zog und sich mit dem Mund bedienen wollte.

„Entschuldige, Sabrina, ich kann das nicht mehr." Er zog sich seine Blue Jeans hoch und nahm den Kawasaki-Schlüssel und verschwand. Ziemlich verdutzt und unbefriedigt lag sie auf seiner Couch. Verstehen wollte und konnte sie das nun wirklich nicht. Er selbst fuhr mit seinem Motorrad in die Weite, einfach weg. „Ich bin am Domplatz, mein Arbeitsvertrag ist unterschrieben. Wo treibst du dich rum? Geht's wieder, Raphael?"

„Ach Laura, Sabrina ist aufgetaucht, ich habe sie wie einen begossenen Pudel im Regen stehen lassen. Was ist los mit mir?" „Was ist diesmal so anders als sonst? Ich verstehe es nicht." Er erzählte ihr, sie solle am Domplatz warten, er hole sie ab: „Ich stehe am Deutzer Bahnhof, ich komme rüber, in zehn Minuten."

Nachdem sie sich einen Kaffee mit Schuss in der Domschänke gegönnt hatten, fragte Laura: „Sag mal, Raphael, kann es sein, dass du den braunen Umschlag geöffnet hast, und deswegen noch mehr neben dem Film läufst?"

„Braunen Umschlag? Habe ich den noch? Oder wartet der nicht in Saarburg?" Im Hof stellte er die Maschine ab und kramte den Wohnungsschlüssel aus der Seitentasche. „Hier ist er, den habe ich ganz vergessen. Meintest du diesen?"

Erst gingen die beiden nach oben, in der Hoffnung, dass Sabrina wieder weg war, da es etwas unpassend wäre, sie direkt mit was auch immer zu konfrontieren. Nun also schauten die beiden sich Lorenz' Ergebnisse an; wer weiß, vielleicht war es ja nichts, was irgendwie unpassend wäre. Laura und Raphael prosteten sich mit einem Glas gekühlten Rum zu, und der Brieföffner kam zu seiner Bestimmung!

Da war Bild Nr.1! Man sah Edgar aus seinem Wagen steigen. Das war ja noch nichts Ungewöhnliches. Dann kamen Bild 2 und 3.

Raphael versuchte zu grinsen: „Nein, Laura-Jane, das ist ein Fake, das kann nicht sein." Doch er sah sich perplex das Bild an. Sein Onkel Oliver aus Saarburg, bei dem er groß geworden war, war gut zu sehen, wie er den lieblosen Ehemann seiner Langzeitaffäre Sabrina in den Arm nahm.

„Das kann nicht sein." Er legte die beiden Fotos weg und setzte sich auf den Boden.

„Laura, woher könnten die beiden sich kennen? Und was hat Lorenz da so Spezielles entdeckt?" Raphael leerte das Rumglas mit einem Zug.

Laura hob die Bilder auf, schaute etwas entsetzt auf das, was Raphael noch nicht gesehen hatte. „Hier, schau dir das an, dann verstehst du all die Heimlichkeiten seitens Oliver und die Versteckspiele von Edgar", sagte sie zu ihm.

Raphael fragte: „Ok, wo sind hier die versteckten Kameras? Ihr könnt jetzt rauskommen." Lachend setzte er sich in den Ledersessel, schlug sich auf die Knie und war baff.

Das Foto zeigte seinen Onkel Oliver und den unsympathischen Ehemann von Sabrina, wie sie knutschend wie zwei Teenager zwischen den Traubenreben lagen. „Das ist kein Fake, Raphael, das wird so sein, und Sabrinas Mann und Onkel Oliver sind offensichtlich ein Paar. So verrückt das zu sein scheint, in dieser Konstellation. Es ist wohl so hinzunehmen."

Raphael schluckte und äußerte sich dann: „Ach ja, viele sind homosexuell. Du hast ja auch, nach vielem Hin und Her, den Weg zu Frauen gefunden. Lena Marie ist mit ihrer Freundin, die sie liebt, zusammengezogen. Alles gut, nur das plötzliche Unerwartete ist schwer zu verstehen, auch wenn mir klar ist, dass ich deinen besten Freund Lorenz beauftragt habe, Edgars Privatleben auszuspionieren. Laura, ich ging davon aus, dass ich Sabrina beweisen konnte, dass er eine andere Frau nebenbei laufen hat, und sie deswegen wortwörtlich vertrocknen hat lassen. Aber so?"

Nun, die beiden wollten in diesem Moment nicht schuldig sein, dass die Hälfte des Rums sich in der Flasche einsam fühlte, und leerten ihn ganz. Sie besprachen, wie es nun weitergehen sollte. Sollten sie Onkel Oliver darauf ansprechen oder es ihm einfach überlassen?

Er rief Sabrina an und bat sie um ein Treffen in Köln. Sie war teilweise geschockt, dass sie ihrem Ehemann nicht direkt etwas sagte, sondern sich zu trennen und erst darauf zu spielen, wenn es nicht anders geht. Laura-Jane fuhr erst einmal zu Lorenz, um alles für den Umzug zu den beiden Verliebten vorzubereiten, zumindest bis sie etwas Eigenes hat.

Sabrina und Raphael fuhren in sein Loft, um eigentlich zu reden – eigentlich. Jetzt, wo Sabrina hier war und sie beide nicht weniger verwirrt waren als er, konnten sie beide nicht die Finger voneinander lassen. Da er ohnehin gegen seine Gefühle für Gabriela etwas ändern wollte, dachte er, warum sich nicht auf Sabrina einlassen? Sie war ja jetzt sozusagen frei. War das nun der Schritt in die richtige Richtung? Keine Zeit für Worte.

Sie zogen sich ohne zu zögern die unnötigen Kleider von ihren schwitzenden, erregten Körpern. Sich liebevoll zu küssen hielt nicht lange. Raphael fuhr mit seinen Fingern unter Sabrinas BH und zwirbelte ihre harten Brustwarzen, sodass sie leise aufschrie. Schnell kit-zelte er sie mit seiner Zungenspitze, da, wo es sich jede Frau wünschte. Er packte ihre Beine und legte sie sich auf seine breiten Schultern, um ganz tief in ihre von Wellen der Lust zuckende Muschi einzudringen.

Zitternd drehte sich Sabrina um und bot ihm ihre nach mehr schreiende Kehrseite an, wo Raphael sich fest stoßend hineinkrallte – er war und ist ein Po-Fetischist. Beide waren feucht und klitschig ineinander verkeilt und konnten oder wollten nicht aufhören. Sabrina wollte Raphael tief und innig küssen und ihm ihre Zunge in den Mund schieben. Doch das war es.

„Sabrina, ich kann das nicht, ich will das nicht mehr", gab Raphael von sich und zog sich an. Wortlos ließ er Sabrina im Loft zurück und setzte sich auf sein Motorrad und fuhr in die mittlerweile tiefe Nacht hinaus.

Er fuhr umher, und seine Gedanken und Gefühle befanden sich immer öfter in dieser nicht mehr stillstehenden Achterbahn.

Die Gabriela-typische, schwarzhaarige Frau Sabrina, verstand nicht, was plötzlich mit Raphael los war. Der Sex zwischen ihnen war nie ein Problem, egal wann, wo und wie – er war immer innig. Insgeheim entwickelte sie sogar so etwas wie Liebe für Raphael. Dies wurde ihr in München immer klarer, doch sie hatte nie etwas gesagt, da sie wusste, dass Raphael immer nur nach Sex mit ihr gesucht hatte. Jetzt, da Edgar enttarnt war und es nur noch eine Frage der Zeit war, bis er realisierte, dass sowohl Sabrina als auch Olivers Neffe davon wussten, ging Sabrina der Gedanke durch den Kopf, dass es langsam an der Zeit war, dass sie und Raphael mit dem reinen Sex aufhörten und sich auf eine echte Beziehung einließen. Doch irgendwie schien in dieser Nacht etwas passiert zu sein, was ihr Hoffnung gab.

Raphael fuhr mit seiner Kawasaki, ohne sich bei Sabrina zu melden, in seinen Heimatort Saarburg. Er hatte ein mulmiges Gefühl im Bauch und plagte sich mit dem Gedanken: „Soll ich es ansprechen? Soll ich es Oliver überlassen, es zu sagen? Oder hat er vielleicht als einziger keine Ahnung davon?" Er schob seine Maschine, die er liebevoll „Mein Mädel" nannte, in den Hinterhof der Schiller-Allee. Wolfgang begrüßte ihn und die anderen Bewohner, die mit Wolfgang grillten, prosteten ihm zu: „Welch seltener Gast! Setz dich zu uns, Raphael. Was verschlägt dich unter der Woche nach Hause?"

„Nun ja, ich brauchte etwas Luft, und wie ihr wisst, ist es hier im Saarburger Land am schönsten. Der Geruch von Wein, Trauben, Menschlichkeit und Ehrlichkeit. Immer wieder etwas Besonderes, hier zu sein", antwortete Raphael etwas provokant. Niemand ahnte, was er mittlerweile wusste und was ihm der beste Freund von Laura-Jane, Lorenz, beigebracht hatte. Er unterhielt sich gut mit den Leuten und ließ nichts durchsickern. Wenn man durch das Erdgeschossfenster blickte, konnte man, wenn man es nicht besser wusste, einfach zwei verliebte Männer beobachten, die sich unverkennbar hinter dem durchsichtigen Duschvorhang leidenschaftlich vergnügten. Völlig ausgelassen genoss der sportliche Oliver, wie der etwas kräftigere Edgar mit sanfter Hand und ebenso zärtlichen Mundbewegungen den Saft aus ihm heraussaugte.

Sabrinas Ehemann Edgar und Raphaels Onkel Oliver waren bereits seit geraumer Zeit zueinander hingezogen. Leider hatte sich Raphael getäuscht, dass Edgar Sabrina mit einer anderen Frau betrügen könnte. Nein, die am Vorabend ziemlich schnell geleerte Flasche Rum hatte ihm deutlich vor Augen geführt, dass der Grund dafür, dass das körperliche Verlangen nach Sabrina, einer sehr attraktiven schwarzhaarigen Frau, nicht ausreichte, wohl darin lag, dass er seit Monaten sein Bett mit seinem Onkel teilte.

Raphael wusste noch nicht, dass die beiden Liebenden Männer auch in der Schiller-Allee Zeit miteinander verbrachten. Warum auch? Niemand in der Nachbarschaft hatte ihm etwas darüber gesagt.

Schließlich hatte Raphael nichts dagegen, dass jemand homosexuell ist und sich zu Männern hingezogen fühlt, genauso wie er nichts dagegen hatte, wenn eine Frau sich einer großartigen Frau hingibt. Jeder sollte tun, was ihm Spaß macht. Nur die Art und Weise, wie er davon erfahren hatte, verwirrte ihn. Es wäre vielleicht einfacher gewesen, wenn Edgar tatsächlich Sabrina betrogen hätte. Doch nun sollten sie zurückgehen und sich darüber freuen, wie gut die Männer die Grillköstlichkeiten genossen.

Über Gabriela und seine Gefühlsachterbahn wollte er nicht mit den Nachbarn sprechen. Vielleicht später, wenn er mit Wolfgang und möglicherweise Onkel Oliver, falls er dazu käme, bei einer Flasche Wein den Abend ausklingen lassen würde. Wenn er nur wüsste, was in diesem Moment wirklich Sache war.

„Und wie sieht es dieses Jahr mit den Reben aus, Wolfgang? Habt ihr und Onkel Oliver alles für eine erfolgreiche Ernte vorbereitet? Ach ja, wo ist eigentlich Oliver?" fragte Raphael mit leicht neugierigem Blick. Wolfgang schaute verwundert in die Runde und räusperte sich kurz, um etwas zu sagen: „Ja Raphael, weißt du, irgendwann ist es an..." Weiter kam er nicht, denn in diesem Moment hörte man aus dem Haus, im hellhörigen Hof, eine Stimme deutlich sagen: „Du Hase, ich komme schon mal nach unten und mache mir eine Wurst vom Grill heiß. Deine wird wohl schon kalt sein. Bis gleich!"

Raphael konnte sich gut vorstellen, wessen Stimme das war und wer da gleich aus der Hintertür in den Hof treten würde. Oliver kam freudestrahlend auf den kleinen Grillplatz, und Raphael stockte irgendwie der Atem. Warum eigentlich?

„Ja, ja Raphael, was machst du denn hier? Hast du deine Werkstatt geschlossen? Solltest du nicht bei deinen Kindern sein?" fragte Oliver, während er strahlend auf den Hof trat.

Oliver fehlten irgendwie die richtigen Worte. Raphael sagte: „Nur mal langsam, Onkel, ich freue mich auch, dich zu sehen. Hattest du etwa nicht mit mir gerechnet?" Oh man, das freut mich aber, dass du schon da bist. Dann kann ich dir auch gleich etwas geben. Moment, ich hole es gleich."

Er packte seinen jung gebliebenen Onkel am Arm und klärte etwas mit lachender Stimme auf:

„Also, zum Ersten: Ich verstehe zwar nicht, warum Wolfgang und ihr, die es auch wusstet, nicht gesagt habt, dass Oliver oben ist. Zum Zweiten: Oliver, durch einen sehr dummen Zufall ist mir längst klar geworden, warum du immer so oft weg bist, wenn ich komme, vor allem wohin und mit wem du unterwegs bist. Und zum Dritten: Wenn du unbedingt den noch Ehemann meiner Affäre Sabrina, Edgar, sehen willst, geh hoch und hole ihn runter. Du brauchst ihm nicht zu sagen, dass er sich vorne rausmachen soll."

Man konnte sehen, wie Oliver richtig sprachlos war und ein rotes Fragezeichen im Gesicht hatte. Er versuchte trotz allem einen Satz zu sagen: „Also, was meinst du? Wie meinst du das? Willst du mir sagen, dass du hierherkommst und seit Monaten von mir und Edgar weißt?"

Raphael teilte ihm mit, dass es besser sei, mal mit ihm um den Block zu laufen, um ihm ohne Nachbarn zu erklären, wie und wann es zu diesem unbeabsichtigten Outing vor ihm kam. „Es lässt sich ja nicht ändern. Meine Sexaffäre Sabrina, deren Ehemann, eben dein Edgar, sich nicht mehr um sie kümmerte und es nur eine Ehe auf dem Papier war, tat mir leid. Lorenz, den du ja kennst, hatte ich gefragt, ob er Näheres von dem Edgar herausbekommen kann. Das hat er ja auch getan, nur nicht, wie ich vermutet hatte, dass er eine andere Frau hat, sondern... So war das, und ja, was soll ich sagen? Die Wahrheit ist sowieso besser." Oliver musste im Nachhinein lachen, und trotz der anfänglichen fehlenden Sympathie zu Edgar wurde es ein feuchtfröhlicher Abend am Grill.

Nach 3 bis 4 Stunden Schlaf und vielen Gesprächen fuhr Raphael wieder Richtung Dormagen. Im Gepäck hatte er eine lustige Geschichte für Laura-Jane. Er hatte zwar nicht damit gerechnet, aber Sabrina war immer noch in seinem Loft und lag auf der Couch. Aber wie sehr sie es sich auch wünschte, Raphael konnte sie nicht mehr zu dem wilden Sex verführen, der sie Monate lang verbunden hatte. Sie vertieften etwas, ja, aber das waren dann nur lange Gespräche, und letztendlich wollten sie wenigstens auf eine schöne Zeit zurückblicken. Insgeheim hoffte sie auf einen anderen Ausgang, einen anderen Weg. Doch er offenbarte ihr mehr als klar und deutlich, dass er sich nach vielen Versuchen durch Sexspiele immer erhofft hatte, dass seine Liebe zu Gabriela, seiner großen Liebe, entfesselt werden kann. Und dass er es nicht schaffte und die Tatsache, dass Brain, der sie ihm nahm, nicht das ist, was sie sich vorgestellt hatte. Deswegen wird er um seine Kinder und um das Herz von Gabriela kämpfen, und es hörte sich sehr ernst an. Es kam immer wieder zu langen Telefonaten zwischen der Kindsmama und ihm. Erst gestern sagte Gabriela: „Raphael, kannst du dir zeitlich einräumen? Kannst du zu uns kommen? Ich bin fertig, er hat."

„Er hat was?" fragte er. Doch mehr als dass er den Hochzeitstermin ohne ihr Wissen einfach verschoben hat, erklärte sie am Telefon nichts. Somit besuchte er nochmal in Köln Gabrielas Cousine und teilte ihr mit, dass er nach Santa Monica fliegen wollte, um für sie da zu sein, seinen jugendlichen Kindern seine Zeit zu schenken.

Was Laura-Jane sehr gut fand, und er fuhr am nächsten Morgen mit dem Taxi zum Flughafen Köln-Bonn. „Letzter Aufruf für Flug 373 von Köln nach Los Angeles", ertönte es noch einmal, und Raphael ging mit Freude die Gangway entlang, da er seiner Familie nahe sein konnte.

Der Flug dauerte 12 Stunden und 30 Minuten, dann ging es mit dem Bus zum Haltepunkt Wishire Boulevard. Raphael nutzte die Zeit, um das angefangene Lied für seine Liebe, sein Herz, Gabriela, weiterzuschreiben, genau so, wie er es sich erträumte und vorstellte, ganz nach seinen Gefühlen. Er verbrachte die lange Zeit mit Schreiben und kurzen Schlafmomenten zwischendurch. Wie sich das Lied am Ende für ihn oder Gabriela anhören würde, ob mit Herzschmerz oder einem Happy End, wusste er nicht. Raphael dachte viel über seine große Liebe all die Jahre nach, über die vielen unbedeutenden Sexabenteuer immer wieder. Er wusste nicht genau, wie er den Weg finden und gehen sollte. Er wusste nur, dass die offene Affäre mit Sabrina und ihre Avancen für eine feste Beziehung plötzlich nicht das waren, was er sich vorgestellt hatte.

Obwohl er den heißen Sex und die geilen Frauenkörper genoss, konnte er die Gefühle nicht abstellen. Die Frauen waren für ihn eine Ablenkung, aber jedes Mal, wenn er sich aufbäumte und sich zitternd ergoss, klopfte das schlechte Gewissen an seine Herzpforte. Beim Besuch seiner Kinder in Amerika, in Gabrielas neuem Leben, wurden sie beide schwach, und obwohl es eine leidenschaftliche Nacht mit schönem Sex war, war es anders als mit allen anderen. Es war eine Explosion der zurückgedrängten Gefühle.

„Prepare for landing", ertönte es aus den Lautsprechern über ihm. Nach 15 Minuten meldete sich die Stewardess: „In wenigen Minuten setzen wir wie geplant in Los Angeles auf. Bitte schnallen Sie sich an und vergewissern Sie sich, dass Ihr Handgepäck mit nach draußen genommen wird. Wir danken Ihnen für den Flug und wünschen Ihnen eine schöne Zeit." Es wurde Zeit, und Raphael klappte seinen Laptop zu, nahm seinen Rucksack und begab sich nach der Landung in die Halle, um sein Gepäck (viel war es ja nicht für die geplanten Tage) in Empfang zu nehmen.

Er setzte sich noch in das Café neben dem Duty-Free-Shop. Genau hier hatte er sich mit Lena getroffen, zu einem Kaffee, und hier hatte sie ihr Tagebuch liegen lassen, bevor sie eine von vielen Sex-Affären wurde. Das Schicksal nahm mit ihr komische Wege, denn sie hatte sich ja in Santa Monica in ihre jetzige Lebenspartnerin verliebt, mit der sie heute, etwa zwei Straßen weiter, wie Gabriela, wohnt. Eine blonde Kellnerin fragte auf Englisch: „Was kann ich Ihnen bringen?"

Raphael bestellte einen Espresso und schaute auf den Fahrplan der Blue Shuttle Bus-Linie, um zu sehen, wie viele Minuten er noch hat. Raphaels alter Klingelton, der unbedingt ausgetauscht werden sollte, bevor er in Santa Monica ankommt, machte sich auf seinem Smartphone bemerkbar: „Ja? Ich bin schon längst am Los Angeles International Airport. Ja klar, Gabriela, der fährt auch gleich los. Ich werde mich kurz vor Santa Monica melden. Aber sicher doch, habe ich mir was organisiert. Bis dann, dann freue mich auf euch."

Raphael bekam wieder weiche Knie, sobald er ihre Stimme nur hörte. Gabriela brauchte eigentlich nur zu sagen, dass es regnete oder schneite. Die Stimme seiner Liebe machte ihn nach all den Jahren immer wieder nervös. Im Blue Shuttle Bus erhielt er von Lea die Zusage, dass er ohne Probleme im Gästezimmer übernachten könne. Er rieb sich zufrieden die Hände: „So, da habe ich erst mal das Hotel gespart und kann mich frei bewegen."

Er freute sich sehr für die junge Lena, dass sie es geschafft hatte, ihren gewalttätigen Mann sitzen zu lassen. Mit Page hatte sie eine liebevolle Partnerin an ihrer Seite. Grinsend dachte er zurück an die in der Luft liegende Lust, die von Lena Marie ausging, aber nur ganz kurz. Keine konnte ihn mehr verführen und ihn so schwach machen, dass es zu einem kleinen Sex-Abenteuer kommen könnte, weder die fesche Lena Marie noch seine monatelange Affäre Sabrina, mit der er sich öfter als oft vergnügt hatte.

Nächster Halt, da musste Raphael aussteigen. Felix und sein Bruder standen schon ungeduldig an der Haltestelle. Die Begrüßung war dementsprechend herzlich, als die fast erwachsenen Jungs ihren Papa wiedersahen.

„Wo ist eure Mutter, wollte die nicht mit euch herkommen?" fragte er die beiden. Gabriela war mit einer ihm bekannten Frau im Lebensmittelgroßhandel, am Broadway, bei Vons, um etwas zu trinken zu kaufen.

Die Dame war natürlich Lena-Marie, und die beiden hatten sich gut angefreundet. Daheim wartete er voller Vorfreude auf Gabriela. Es klingelte.

„Endlich, da bist du ja, meine Liebe."

Aber nicht sie sagte: „Ja, ich bin hier", sondern eine Männerstimme sagte:

„Wie, da bist du ja. Wer, meine Liebe? Was machst du denn hier?"

Raphaels Laune sank rapide ab. Im Türrahmen stand da Brian und grinste in die Küche hinein.

Die beiden Männer waren sich noch nie richtig geheuer gewesen.

Gabriela, die dazu kam, freute sich, dass Raphael da war, und gab ihm die Hand. Dann nahm sie mit einem herzlichen Lachen ihren Brian in den Arm.

„Was für eine Überraschung, Schatz. Du hier? Solltest du nicht auf deiner Bohrinsel sein, weit draußen?"

Brian zog Gabriela fest an ihrer Hüfte an sich,

klatschte ihr auf den Hintern und tastete mit seinen Händen ihre Brüste ab, während er unverschämt klang:

„Noch alles dran, und an den harten Nippeln erkennt man, du hast auf mich gewartet. Also, Raphael, mach dich vom Acker. Ich glaube, deine Kinder warten draußen auf dich."

Raphael musste sich dermaßen zusammenreißen. In seiner Hose ballten sich seine Fäuste. Wie gerne hätte er Brian gezeigt, dass es so nicht in Ordnung war, mit Gabriela zu reden.

Er sah in Gabrielas Augen, wie sich eine Träne bildete.

„Soll ich wirklich gehen? Wenn du willst, bleibe ich."

„Bitte geh."

Sagte Gabriela. In diesem Moment wusste er nicht, wie er das Gesagte aufnehmen sollte.

Raphael Vogler verließ das Haus, voller Zorn auf Brian, auf sich selbst und ebenso auf Gabriela. Ja, er hätte gerne gesehen, wie sie aufwachte, wie sie nur ein Wort sagte, und er hätte diesen Möchtegern-Macho im hohen Bogen hinausgeworfen.

Bei Lena-Marie setzte er sich auf den Balkon und war erst einmal nicht ansprechbar. Page verließ mit einem Trollkoffer das Anwesen, und er fragte:

„Lena, was ist mit Page los? Habt ihr Streit?"

„Alles gut, sie fährt nur für zwei Tage zu ihrer Mama nach New York. Kein Streit. Wir sind uns einig, und es läuft besser, als man es sich nicht vorstellen könnte."

Sie kamen ins Gespräch, und er erzählte von seinen Plänen und wie sehr es einem Neuanfang nahekam. Doch dass Brain auftauchte und sich Gabriela billig näherte, war einfach inakzeptabel.

„Wie das? Sie hat mir, uns, aber etwas ganz anderes erzählt. Sie wollte, wenn du da bist, die Mauern hier einreißen, Raphael." Zweifelnd daran, ob es jemals zu einem Bruch zwischen dem amerikanischen Brain und ihr kommen würde, sah er Lena an.

„Verstehst du, Lena, ich bin in letzter Zeit so oft hierher geflogen, gefahren. Es war auch schön, und zwischen uns lief es wieder. Doch sobald er auftauchte, war alles vorbei. Ich muss Schluss machen, ich kann nicht mehr hoffen und ständig in einen zerbrochenen Spiegel schauen." Lena-Marie nahm den verletzten Raphael freundschaftlich in den Arm.

Ihre Lippen fanden sich schnell, und sie fasste ihm in die Hose, die schon recht eng war, weil sich bei ihm mächtig etwas regte. Es war eine Ausnahmesituation. Sie liebte Page, und er trotz allem Gabriela.

Nichtsdestotrotz näherten sie sich unglaublich zärtlich, nicht wild und leidenschaftlich wie üblich. Er drang behutsam mit seinen langen Fingern in ihre Vagina ein und rieb sie immer schneller. Doch als er in ihrem kleinen Mund seinen warmen Strahl hinterließ, öffnete sie ihre Beine und war bereit für ihn. Überraschenderweise unterbrach er jedoch das nicht geplante Schäferstündchen.

„Es darf nicht weiter gehen, Lena. Verstehst du? Ich will das nicht mehr, und wenn du ehrlich bist, schlägt dein Herz doch nur für Page. Lass uns das schnell vergessen, bitte." Er befürchtete, Lena verletzt zu haben, doch sie reagierte wie er und tat es als Mitgefühl ab, das nicht vollständig ausgelebt wurde.

„Vergessen wir es, Raphael. Auch ich hätte es wegen Page nicht bereut, aber die Situation zwischen uns ist nicht mehr so, wie sie mal war."

Die beiden führten Gespräche ohne Körperkontakt und entschlossen sich, den Wilshire Boulevard entlang zu laufen. In der Bodega Wein Bar tranken sie später zwei Flaschen Rotwein. Als sie später in Pages Elternhaus ankamen, gingen sie artig in ihre Betten und konnten anders als gewohnt von Herrn Vogler, unberührt schlafen.

Man konnte direkt erkennen, dass Gabriela mit Brain, nach seiner fordernden Art, ohne Widerspruch ins Schlafzimmer folgte. Doch diesmal war es anders. Sie machte Brain klar, nachdem sie ihre Tränen nicht mehr vor ihm verbergen konnte, dass sie es nicht mehr wollte:

„Du kannst mich schlagen, prügeln, verachten, Brain. Ich will weder Monate lang auf dich warten noch mit dir nach Kanada gehen und heiraten. Das Thema ist durch. Geh einfach hinaus, pack deine Tasche, geh auf deine Bohrinsel und lass mich endlich in Ruhe. Wenn ich in 30 Minuten nicht erneut die Cops zurückrufe, werden sie hier auf der Matte stehen. Also geh."

Sie hatte Angst, dass ihr Bluff mit den Cops ihn nicht beeindrucken würde und er sie mit seiner Gewalt brechen würde. Doch als es an der Tür läutete, öffnete er brav die Tür und verließ fast wortlos das Haus, verschwand in der Morgenröte.

„Herr Vogler, nimm deine Alte zurück und deine nervenden Kinder gleich mit."

Wars das jetzt? Kann es jetzt wieder ruhiger werden? Kann er, wie er es schon immer wollte, für Gabriela da sein? Er war sich sicher, er würde Deutschland den Rücken kehren, seine Werkstatt, seine Freunde, sein Leben – alles würde er hinter sich lassen. Wenn nur die Liebe wieder zu leben beginnen würde. Nicht sofort, nicht ohne ihr Luft und Pause zu geben.

Felix ist mit Lukas im Fußballinternat, und er konnte Gabriela eine Stütze sein. Sich entlieben musste sie sich nicht mehr lange, dafür war zu viel passiert. Klar war da noch etwas, etwas, was sie einmal verbunden hatte.

Doch auch für sie war nach der unverhofften Nacht mit dem Vater ihrer Kinder einiges anders geworden. Da war der Wunsch nach Familie, nach Geborgenheit, die sie bei Brain nicht mehr hatte. Einerseits wollte sie mit ihm durch die Hochzeit neu anfangen. Doch da war mehr, zwischen dem reinen Sex mit dem Ex und den wieder auflebenden Gefühlen. So genau hatte sie es Raphael auch nicht gesagt.

Am dritten Tag, als er spät abends zu Lena ging, fragte sie endlich:

„Raphael, ich kann nicht mehr reden, ich will nicht mehr reden. Bitte lass mich nicht länger in diesem großen Haus allein, ich fürchte mich, ich sehne mich. Raphael, ich will dich."

Das war es, was er sich erhofft hatte, und er hatte so auf ein solches Wort gewartet.

Am Nachmittag, nach einem ausgiebigen Besuch in der hauseigenen Sauna, in der die beiden nicht nur wegen des Aufgusses ins Schwitzen gerieten, saßen sie sich seit langem nackt gegenüber. Minute für Minute rückten ihre Körper näher zusammen. Gabrielas rosa Brustwarzen wurden allein durch Raphaels Blicke hart. Sein Handtuch konnte die Spannung zwischen seinen Beinen längst nicht mehr verbergen. So kam es schließlich dazu, dass sie seine pulsierende Männlichkeit berührte. Finger für Finger umschloss ihre Hand sein Glied, bis sie es vollständig umfasste. Raphael brauchte keinen neuen Aufguss mehr; allein die aufkommende Geilheit der beiden ließ die Sauna dampfen und kochen.

Gabriela kniete sich über die beiden Sitzbänke und griff mit der rechten Hand nach hinten, um ihre Vulva langsam auseinanderzuziehen. Es tropfte aus ihr heraus, der süße Geruch, der ihm entgegenströmte, machte ihn schier wahnsinnig, so dass er sich nicht länger zurückhalten konnte und in ihre enge Öffnung eindrang. Er nahm sie von vorne, von hinten, von oben – er schwang Gabriela auf seine starken Hände und füllte sie kraftvoll im Stehen aus. Nach einem wilden Ritt auf Raphaels Hüften gingen sie nebenan in die Dusche, um sich etwas abzukühlen. Doch Abkühlen war das Letzte, was geschah. Das Wasser lief an Gabrielas Körper entlang und verdunstete, bevor es den Boden erreichte. Er drückte seine große Liebe rücklings an die Duschwand, kniete sich hinter sie und bohrte sich mit seiner gefühlten 20 cm langen Zunge in sie hinein. Langsam kamen sie beide ins Schnaufen. Also legte er sich auf die feurigen Fließen, und sie nahm direkt mit ihrer Weiblichkeit Platz auf seinem Mund. Völlig erschöpft ließen sie sich auf dem breiten Bett fallen und schliefen nackt wie sie geboren wurden.

Kapitel 12

Die vergangenen Tage könnte man, wenn man wollte, nur von den verschiedensten Sexplätzen berichten, und sie kamen echt nicht mehr in ihre Kleider rein, so sehr sie es auch versuchten.

Um zu planen, was als Nächstes geschehen sollte, setzten sie sich in der Küche an den Tisch und blieben nicht lange allein. Page und Lena-Marie besuchten sie spontan und fragten, wie lange Gabriela noch in der Nachbarschaft bleiben würde oder ob Raphael vielleicht ein neuer Bewohner in Santa Monica werden könnte.

Bei einer Tasse Kaffee mit einem Schuss Rum verriet Raphael, dass er es langsam angehen lassen wollte, sich dem Tempo von Gabriela anschließen und die Dinge sich so entwickeln lassen wollte, wie sie vorgesehen waren.

„Ich bin da ganz spontan. Selbstverständlich würde ich hierher ziehen, um bei meinen Kindern zu sein, die ja fast erwachsen sind. Und Gabriela würde ich nahe sein wollen, wenn es vielleicht in diese Richtung gehen könnte."

Gabriela unterbrach ihn sanft: „Du redest eindeutig zu viel. Es gibt eben doch kein 'vielleicht' oder 'mal schauen'."

Sie machte eine kurze Pause, um dann mit einem Lächeln hinzuzufügen: „Raphael, es gibt kein 'vielleicht' für mich, es gibt kein 'schauen wir mal'. Für mich gibt es nur eine klare, feste Entscheidung. Ich habe mit Felix und Lukas telefoniert, mit dem Makler für den Hausverkauf. Ich werde mit dir, wenn du mich noch willst, Raphael, zurück nach Deutschland kommen. Hast du das nun verstanden?"

Raphael saß da wie versteinert, konnte kaum glauben, was er hörte, war sich sicher, dass er das gerade nicht richtig verstanden hatte. „Doch, mein Schatz. Ich werde mit dir nach Deutschland zurückgehen, wenn du willst. Entweder nach Dormagen oder in die Schiller Allee."

„Echt jetzt? Welch eine Frage, ob ich dich will? Ich habe mir nie etwas mehr gewünscht, als dass du wieder mit mir unter einem Dach wohnst."

Lena und Page waren zwar einerseits etwas traurig darüber, dass sie ihre fast Nachbarin verlieren würden, aber natürlich freuten sie sich wahnsinnig darüber, dass zwei Menschen, die zusammengehören, wieder zusammenfinden würden. „Falsch, Lena. Wir haben zusammengefunden, das haben die letzten 5 Tage gezeigt, aber sowas von."

Es war beschlossene Sache: Felix und Lukas würden am Wochenende da sein und drei Tage mit ihren Eltern verbringen, die sich so gut anfühlten. Sie würden auch ihr Fußball-Internat beenden und nachkommen. Am Montag kam der Makler und brachte bereits einen Käufer mit.

Das Haus wurde verkauft, und in drei Wochen würde der Umzug Übersee anstehen, der die beiden zurück in ihre Kindheit führen würde.

Wolfgang würde in eine Einzimmerwohnung gegenüber dem Elternhaus ziehen, während Oliver mit Edgar nach Köln gehen würde.

Edgar war der mittlerweile geschiedene Mann von seiner langjährigen Affäre oder Liebschaft, Sabrina, wie man es im Nachhinein nennen mochte. Gabriela und Raphael übernahmen auch die beiden Weinrebenfelder vor den Toren von Saarburg, inklusive der Weinproduktion. Felix und Lukas wurden trotz ihres Fußballinternats Geschäftsführer. Das wieder vereinte Paar machte im Erdgeschoss und im ersten Obergeschoss einen Durchbruch, ließ eine Wendeltreppe einbauen, und die Zukunft konnte kommen. Helmut überschrieb Raphael die Werkstatt, wo er einst gelernt hatte.

Sasha wurde nun Besitzer der Schrauberei vor Ort in Dormagen, während Raphael stiller Teilhaber wurde. Am kommenden Sonntag wurde eine Hochzeit im kleinen Kreis gefeiert.

Auf dem Riesenrad des Weinfests von Saarburg gaben sich Gabriela und Raphael Vogler erneut das Jawort. Das regionale Fernsehen war dabei, und als besonderes Highlight übergab er seiner absoluten Liebe Gabriela etwas Persönliches.

Raphaels Schülerband trug dies lautstark vor dem Riesenrad vor:

Am Ende schreibt die Liebe das Lied

Wieso hast du das gemacht?
Das kann ich nicht verstehen,
hast dich einem Neuen in die Arme geschmissen,
warum wolltest du,
warum musstest du gehen,
hast unser Gestern aufgegeben,
bitte sage, das ist nicht wahr,
falsch abgebogen, du lässt unsere Träume sterben,
Sicherung rausgedreht,
deine Gefühle unsere Liebe,
Stromausfall, das Licht geht aus,
ich bettle um deine Zärtlichkeit,
hast mein Herz verletzt,
mein Herz gebrochen.

Zukunft verbaut, greife nach dir,
du lässt uns fallen, ein Blick, ein Tritt,
und es zieht mich in die Tiefe hinab,
ist unser Morgen heute nur noch Gestern?
Einfach aus, zurück geliebt, das war's gewesen,
lässt mich einfach so im kalten Regen stehen,
Karambolage, schnell mal,
meinst du, so geht das Leben?
Die Schatten werden dich finden,
oh, glaube es mir,
du kannst mich nicht einfach so
aus deinem Leben radieren,

Du solltest an meiner Seite stehen,
ich und du wollten ein wir sein,
doch nun bist einfach so weg?
Hast dich losgeliebt von mir?
Gehe mir aus den Augen,
verschwinde in die Nacht, Träume zerrissen,
Gabriela, liebe mich,
lass mich nicht so zurück.

Jahre sind vergangen,
die Liebe hat uns wieder eingefangen,
Die Minuten, Stunden, die Jahre,
sie sind einfach an uns vorbeigeflogen,
Gefühle wollten nicht ganz gehen,
ich versuchte es unentwegt,
mit meiner Liebe zu dir zu brechen,
habe immer wieder mein Herz,
mein Fühlen betrogen,
doch dann kam diese eine Nacht,
wir hatten uns wie früher tief berührt,
wir gaben dem Verlangen unserer Körper nach,
erhörten, was du, was ich gespürt,
konnten uns endlich wieder, nicht widerstehen,
den Versuch es als Sex mit der Ex abzutun,
scheiterte nie ganz,
wir hatten uns wieder auf uns eingelassen.

Die Liebe hat den Kampf gewonnen,
traurige Erinnerungen sind Vergangenheit,
wie trockenes Blut zerronnen,
wir haben eine neue Ära begonnen,

richtig abgebogen,
wir lassen unsere Träume auferstehen
Sicherung reingedreht,
deine Gefühle unsere Liebe,
Stromausfall nein,
das Licht ging wieder an,
wir haben unsere Zukunft geheilt,
mit jeder Zärtlichkeit lassen wir den Teufel verlieren,
gebrochene Herzen sind regeneriert
am Ende siegt immer die Liebe allein,
Am Ende steht das Lied,
so soll es heute, morgen und für immer sein.

ENDE

Eine Welt voller Bücher

Unvergessliche Abenteuer
Faszinierende Charaktere
Neue Welten und Ideen

Bei Infinity Gaze endet
die Lesereise nie!

Jetzt entdecken unter:
www.infinitygaze.com